KB024494

도련님

도련님

초판 1쇄 발행 2021년 4월 10일
초판 3쇄 발행 2022년 11월 28일

지은이 나쓰메 소세키
옮긴이 김영진
펴낸이 남기성

펴낸곳 주식회사 자화상
인쇄,제작 데이타링크
출판사등록 신고번호 제 2016-000312호
주소 서울특별시 마포구 월드컵북로 400 서울산업진흥원 201호
대표전화 (070) 7555-9653
이메일 sung0278@naver.com

ISBN 979-11-91200-27-0 00830

도련님

나쓰메 소세키 지음 ｜ 김영진 옮김

자화
상

| 차례 |

1편

개구쟁이 시절

1

타고난 악동 기질 때문에 어릴 적부터 나는 갖은 말썽을 다 부리고 다녔다. 초등학교 때 교실 2층에서 뛰어내리는 바람에 허리를 삐끗하여 일주일 정도 고생한 적도 있다. 왜 그런 무모한 짓을 하느냐고 묻는 사람이 있겠지만 딱히 이렇다 할 이유가 있는 것은 아니다. 교실 2층에서 밖을 내다보고 있는데 반 친구 한 놈이 다가와 농담조로 시비를 걸어왔다.

"네가 아무리 잘난 척해봤자 거기서 뛰어내리지는 못할걸? 겁쟁이!"

이렇게 놀리는 통에 저지른 일이었다. 학교 사환에게

업혀 집에 돌아왔을 때, 아버지가 눈을 부라리며 "2층 건물에서 뛰어내려 허리를 삐는 녀석이 어디 있어?"라고 호통을 치셨다. 그래서 나는 이렇게 대꾸했다.

"다음에는 허리가 삐지 않게 뛰어내릴게요."

하루는 친척 집에서 서양 칼을 얻어 왔다. 흠집 하나 없이 깨끗한 칼을 친구들에게 보여주었다. 그러자 한 녀석이 말했다.

"번쩍거리기는 해도 잘 들 것 같지는 않아."

나는 또다시 오기가 발동했다.

"이 칼이 무뎌 보인다고? 그럼 잘 봐! 내가 뭐든지 잘라볼 테니까."

"그럼 어디 네 손가락이나 한번 잘라보시지!"

나는 또 질세라 이렇게 말했다.

"뭐야, 손가락 정도는 아무것도 아니지. 자, 잘들 보라고."

나는 오른 엄지손가락 위에 칼을 비스듬히 대고 힘주어 벴다. 다행히 칼이 작고 엄지손가락 뼈가 단단했기 때문에 그리 큰 문제 없이 상황은 지나갔다. 엄지손가락은 지금도 여전히 손에 단단히 붙어 있다. 하지만 그때 생긴

흉터는 아마 죽을 때까지 사라지지 않을 것이다.

우리 집 마당에서 동쪽으로 스무 걸음쯤 가면 남쪽으로 비스듬하게 작은 채소밭이 있고 한가운데에 밤나무가 한 그루 서 있다. 그 나무는 내게 목숨보다 소중했다. 밤이 익어 밤송이가 쩍 벌어질 무렵의 아침에는 눈뜨기 무섭게 뒷문으로 나와 떨어진 밤알을 주워 학교에 가서 먹었다.

채소밭 서쪽은 '야마시로야'라는 전당포의 마당과 이어져 있다. 이 집에 '간타로'라는 열서너 살 먹은 아들이 있는데 무척이나 겁이 많은 녀석이다. 겁쟁이 주제에 호시탐탐 우리 집 밤나무를 노리더니 대나무로 얼기설기 엮은 담을 넘어 밤을 훔치는 게 아닌가.

나는 어느 날 저녁 문 뒤에 숨어 있다가 마침내 간타로 녀석을 붙잡았다. 궁지에 몰린 간타로는 있는 힘을 다해 내게 덤벼들었다. 그는 나보다 두 살 정도 나이가 많다. 겁쟁이 주제에 힘은 세다. 간타로가 머리통으로 내 가슴팍을 사정없이 밀어붙였는데 그러다가 내 소매통으로 그의 머리가 쑥 들어가버렸다. 움직이기가 불편해서 정신없이 손을 내저었더니 소매통에 들어 있는 간타로의 머리통도 좌우로 마구 흔들렸다. 괴로워하던 그는 급기야 내 팔을 물고 늘어졌다. 나는 너무 아파서 간타로를 담으로 밀어붙이고는 발을 걸어 반대쪽으로 쓰러뜨려 버렸다.

전당포집 마당은 우리 채소밭보다 6자(약 1.8미터)가량 낮았다. 간타로는 대나무 울타리를 반이나 무너뜨리며 윽 하는 신음과 함께 자신의 집 쪽으로 거꾸로 처박혔다. 간타로가 곤두박질칠 때 내 한쪽 소매도 떨어져 나가서 갑자기 손이 자유로워졌다. 그날 밤, 엄마는 전당포 집에 사과하러 갔다가 잃어버린 한쪽 소매를 되찾아 오셨다.

이외에도 장난이라면 수없이 쳤다. 목수 집 아들 가네와 생선가게 집 아들 가쿠를 데리고 모사쿠네 당근밭을 쑥대밭으로 만든 적도 있다. 아직 당근 싹이 나지 않은 한 면에 깔린 짚 위에서 우리 셋이 한나절 동안 씨름을 했더니 당근이 모두 밟혀 뭉개져버린 것이다.

후루카와 씨네 논물을 막아버리는 바람에 뒷수습하느라 곤욕을 치른 일도 있다. 깊이 파묻힌 두꺼운 대나무를 타고 물이 솟아나고 있었는데, 근처의 논으로 물을 흘려

보내는 장치였다. 그 사실을 알 리 없는 우리는 돌과 나무토막을 마구 집어넣었고 물이 더는 안 나오는 것을 확인한 후 집에 돌아갔다. 저녁을 먹고 있는데 어쩐 일인지 후루카와 씨가 벌겋게 상기된 얼굴로 소리를 지르며 달려왔다. 모르긴 몰라도 이 일은 벌금을 내고 마무리됐던 것 같다.

아버지는 조금도 나를 귀여워하지 않았다. 엄마는 형만 두둔했다. 형은 피부가 유난히 희고 연극 놀이에서 여자 역할을 하는 것을 좋아했다. 아버지는 나를 볼 때마다 입버릇처럼 이렇게 말씀하셨다.

"어차피 이 녀석은 커서 번듯한 사람이 되기는 틀렸어."

엄마도 질세라 옆에서 거들었다.

"저렇게 장난만 쳐대니, 앞으로 뭐가 될지 걱정이에요."

그렇다, 번듯한 사람이 되기는 틀렸다. 부모 눈에도 앞날이 걱정되니 그럴 만하다. 그저 감옥에 가지 않는 것을 다행으로 여기며 살아갈 뿐이다.

엄마가 병으로 돌아가시기 사흘 전에 부엌에서 공중제비를 돌다가 부뚜막 모서리에 갈비뼈를 부딪쳤다. 몹시 아파하고 있는데 엄마가 노발대발하며 너 같은 놈은 얼굴도 보기 싫다고 해서 친척 집에 며칠 가 있었다. 며칠이 지나고 엄마가 돌아가셨다는 기별을 받았다. 그렇게 빨리 돌아가실 줄 몰랐다.

'어머니가 그렇게 아픈 줄 알았더라면 좀 더 얌전히 굴었을 텐데.'

나는 때늦은 후회를 하며 집으로 돌아왔다. 그런데 가뜩이나 속이 상한 내게 형은 다짜고짜 이렇게 말하는 것이었다.

"이 자식아, 너 때문에 어머니가 일찍 돌아가셨어. 이 몹쓸 놈의 불효자 같으니라고."

그 말에 화가 치민 나는 형의 귀싸대기를 갈겼다. 이번에도 어김없이 아버지한테 심한 꾸중을 들었다.

엄마가 돌아가시고 나서는 아버지와 형 이렇게 셋이서 살게 되었다. 아버지는 당신 스스로는 아무것도 하지 않으면서 내 얼굴만 보면 "너는 안되겠다. 안되겠어."라고 입버릇처럼 말했다. 무엇이 안되겠다는 것인지 지금도 모르겠다. 아주 별난 아버지였다.

형은 사업가가 되겠다며 영어 공부를 열심히 했다. 타고난 성품이 여자 같고 교활했기 때문에 그와는 사이가 좋지 않았다. 열흘에 한 번꼴로 싸움을 하고 지냈다.

어느 날인가는 형과 장기를 두는 데 비겁한 수를 쓰는 게 아닌가. 내가 곤란해하자 재미있어 죽겠다는 듯이 놀려댔다. 너무 화가 나서 들고 있던 장기말을 미간을 향해 냅다 던졌다. 그 바람에 형의 미간이 터져서 피가 뚝뚝 흘렀다.

형이 그 일을 아버지에게 일러바쳤고 아버지는 나를 내쫓겠다며 야단을 쳤다.

2

　　나는 모든 것을 포기한 채 집에서 쫓겨날 생각을 하고 있었다. 그때 우리 집에는 10년 가까이 일해온 기요라는 하녀가 있었는데, 그녀가 아버지한테 나를 용서해주라고 울면서 매달리는 바람에 아버지의 화가 겨우 풀렸다. 그런데도 아버지가 무섭지는 않았다. 오히려 이 기요라는 하녀가 가여웠다.

　　기요는 원래 유서 깊은 가문 출신이다. 그런데 구제도의 붕괴(메이지 유신에 의해 도쿠가와 막부가 무너진 것을 뜻함)로 집안이 몰락하여 결국 남의 집 하인 노릇을 하게 되었다고 했다. 기요는 나이가 많았다.

기요 할멈은 무슨 이유에서인지 나를 몹시 귀여워했다. 이상한 일이었다. 엄마도 돌아가시기 사흘 전에 나에게 정을 뗐고 아버지도 늘 골칫덩어리로 여겼으며 동네 사람들은 내게 불량한 망나니라며 손가락질했다. 그런데도 기요 할멈은 이런 나를 지나치게 아껴주었다. 참으로 알 수 없는 일이었다.

　　기요 할멈은 부엌에 사람이 없을 때 종종 "도련님은 정직하고 성품이 좋아요."라고 나를 칭찬하곤 했다. 그러나 나는 기요 할멈이 무슨 뜻으로 그런 말을 하는지 이해할 수 없었다. 내 성품이 좋다면 기요 할멈 외에 다른 사람들도 나한테 잘해주어야 한다고 생각했다. 그래서 기요 할멈이 그런 말을 할 때마다 나는 이렇게 딱 잘라 말했다.

　　"난 누가 내게 아첨하는 거 딱 질색이야."

　　그러면 기요 할멈은 한술 더 떠서 이렇게 말했다.

　　"그러니까 성품이 좋다는 거지요."

　　그렇게 말하며 흐뭇한 듯이 나의 얼굴을 바라보곤 했다. 나에 대해 자기 멋대로 생각한 후 만족해하는 듯이 보여 기분이 썩 좋지만은 않았다.

엄마가 돌아가신 후부터 기요 할멈은 더욱 나를 애지중지했다. 때로는 어린 마음에 왜 그렇게 나를 애지중지하는지 의아했다. 괜한 짓이니 그만두었으면 싶었다. 그런 기요 할멈이 딱하다는 생각도 들었다.

그래도 기요 할멈은 나를 귀여워했다. 때때로 자신의 용돈으로 긴츠바(밀가루 반죽에 팥을 넣고 넓적하게 구운 과자)나 고바이야키(밀가루에 쌀가루를 섞어서 벚꽃 모양으로 구운 과자)를 사주기도 했다. 추운 밤에는 몰래 메밀가루를 사두었다가 어느 틈엔가 메밀 미음을 만들어 잠든 내 머리맡에 갖다 놓았다. 가끔은 냄비 우동까지 사준 적이 있었다.

먹는 것뿐만이 아니었다. 노트와 연필은 물론 양말도 받았다. 이것은 훨씬 뒤의 일이지만 3엔(당시의 1엔은 지금의 3,500원에 해당함)이나 빌려준 적도 있었다. 빌려 달라고 한 것이 아닌데도 말이다. 어느 날인가 내 방에 불쑥 돈을 가지고 와서 "용돈이 없어서 힘드시지요. 이걸 쓰세요."라고 말했다. 물론 나는 필요 없다고 했으나 부디 써 달라고 하기에 받아두었다. 실은 대단히 기뻤다.

그런데 그 돈을 넣은 지갑을 품고 화장실에 갔다가 그

만 밑으로 빠뜨려버렸다. 할 수 없이 어기적거리며 걸어나와 기요 할멈에게 이야기했다. 그랬더니 할멈은 즉시 대나무 막대를 찾아와서 건져주겠다고 했다. 잠시 후 우물가에서 좍좍 물소리가 들리기에 나가 보니 할멈이 똥통 속에서 대나무 막대기로 건져낸 지갑을 물로 씻고 있었다. 지갑을 열어 살펴본 1엔짜리 지폐는 누렇게 변해 있고 무늬도 희미해져 있었다. 할멈은 그 돈을 화로에서 말린 후 내게 내밀었다.

"이만하면 되었지요?"

나는 냄새를 맡아보았다.

"어휴, 냄새가 나잖아!"

"그럼 이리 주세요. 다른 것으로 바꿔 올게요."

그렇게 말하더니 어디서 어떻게 했는지 지폐 대신에 은화로 3엔을 가지고 왔다. 나는 그 돈을 어디에 사용했는지 기억하지 못한다. 기요 할멈에게 곧 갚겠다고 말해놓고는 갚지도 못했다. 지금은 10배로 갚아주고 싶어도 갚을 수가 없다.

기요 할멈은 늘 아버지도 형도 없을 때를 틈타 내게 뭔가를 주었다. 그러나 나는 다른 사람 몰래 혼자 이득을 보는 것이 싫었다. 물론 형과는 사이가 좋지 않았지만 형 몰래 기요 할멈으로부터 과자나 색연필을 받는 것이 늘 즐겁지만은 않았다. 그래서 나는 기요 할멈에게 물어보았다.

"왜 나에게만 주고 형에게는 주지 않는 거야?"

그러자 기요 할멈은 시치미를 뚝 떼며 말했다.

"형은 아버지가 사주니까 그렇지요."

이것은 뭔가 이상했다. 아버지는 완고하지만 그런 편애는 하지 않는 남자였다. 그러나 기요 할멈에게는 그렇게 보였나 보다. 기요 할멈은 분명히 나를 향한 지독한 사랑에 빠진 것이 틀림없었다. 유서 깊은 가문 출신이라고는 하지만 제대로 교육을 받지 못한 할멈이니 어쩔 수가 없었나 보다.

단순히 이것뿐만이 아니었다. 편애란 참으로 무서운 것이다. 기요 할멈은 내가 장래에 출세하여 훌륭한 사람이 될 것이라고 굳게 믿고 있는 듯했다. 반면 공부만 열심히 하는 형에 대해서는 살결이 희기만 하고 별 볼 일 없을 것이라고 혼자서 단정 지어버렸다. 이런 고집불통 할멈은 당해낼 재간이 없다. 자신이 좋아하는 사람은 반드시 훌륭한 인물이 되고, 싫어하는 사람은 신세가 찌부러질 것이라고 믿다니.

나는 그때까지만 해도 커서 특별히 무엇이 되고 싶다는 생각이 없었다. 그러나 기요 할멈이 내가 훌륭한 인물이 될 것이라고 거듭 말하자 역시 뭔가 될 것 같다는 생각이 막연하게나마 들었다. 그래서 하루는 기요 할멈에게 물어보았다.

"내가 크면 뭐가 될 것 같아?"

그러나 기요 할멈도 별다른 생각은 없었던지 막연히 이런 대답만 했다.

"자가용 인력거를 타고 훌륭한 현관이 있는 집을 갖게 되실 거예요."

게다가 기요 할멈은 내가 집이라도 갖게 되어 독립하면 같이 살 생각인 듯했다.

"어디에 가시든지 절 데려가셔야 해요."

기요 할멈이 어찌나 그 말을 되풀이하는지 나도 왠지 집을 갖게 될 것 같은 생각이 들어 그러겠다고 대답을 해두었다. 그러나 그칠 줄 모르는 이 할멈의 상담은 계속 이어졌다.

"도련님은 어디에 살고 싶어요? 고마치예요, 아사부예요? 정원에는 그네를 매달아요. 그리고 응접실은 하나면 충분해요."

기요 할멈 혼자서 멋대로 계획을 세우고 있었다. 그때만 해도 나는 집 따위는 전혀 갖고 싶지 않았다. 양옥이든 전통 가옥이든 전혀 관심이 없었기 때문에 그럴 때마다 "그런 거 갖고 싶지 않아."라고 대답했다. 그러면 "도련님은 욕심이 없고 마음이 예뻐요."라고 또 칭찬했다. 기요 할멈은 내가 무슨 말을 해도 칭찬해주었다.

엄마가 돌아가시고 4, 5년 동안은 이런 식으로 살았다. 아버지에게는 때마다 혼나고 형과는 여전히 싸움을 했다. 기요 할멈은 내게 틈틈이 과자를 사주었고 칭찬하기를 잊지 않았다.

나는 특별히 바라는 것도 없었기에 이런 현실에 만족하며 살았다. 다른 아이도 대부분 이러리라 생각했다. 단지 기요 할멈은 기회가 있을 때마다 "도련님이 가엾어요.

불행해요."라고 반복해서 말했기 때문에 '나는 내가 가엾고 불행한 사람이구나.'라고 생각했다. 그것 외에는 별로 문제랄 것이 없었다. 다만 아버지가 용돈을 주지 않은 데에는 나도 두 손 들었다.

3

엄마가 돌아가신 후 여섯 번째 맞는 정월에 아버지마저 뇌졸중으로 세상을 떠났다. 그해 4월에 나는 사립 중학교를 졸업했고, 6월에 형은 상업학교를 졸업했다. 형은 어떤 회사의 규슈 지점에 자리가 있어서 그곳으로 떠나야 했고, 나는 도쿄에 남아 학업을 계속해야 했다. 형은 집을 팔아 재산을 정리한 후 임지로 떠나겠다고 했다. 나는 맘대로 하라고 했다. 어차피 형에게 신세를 질 마음은 추호도 없었다. 설사 형이 날 돌봐준다고 해도 둘이서 싸울 것이 뻔했다. 만약 형의 보호를 받는다면 형에게 머리를 숙여야 한다. 어정쩡하게 보살핌을 받으며 형에게 기죽어

사느니 차라리 우유배달을 해서라도 제힘으로 먹고살겠다고 각오했다.

얼마 뒤 형은 고물상을 불러 조상 대대로 써온 잡동사니를 헐값에 팔아넘겼다. 집은 어떤 사람의 주선으로 어느 부자에게 팔았다. 이때 형은 상당한 돈을 받은 모양이지만 자세한 내용은 전혀 모른다. 왜냐하면 나는 한 달 전부터 간다 오가와마치에서 하숙을 하고 있었기 때문이다.

기요 할멈은 십여 년을 살던 집이 다른 사람 손에 넘어가는 것을 크게 안타까워했지만 자신의 집이 아니었으므로 어쩔 도리가 없었다. "도련님이 조금 더 나이를 먹었다면 이 집을 상속받았을 텐데."라고 몇 번이나 넋두리를 늘어놓았다. 나이를 먹었다는 이유로 상속받을 수 있는 것이라면 지금도 상속받을 수 있을 것이다. 아무것도 모르는 기요 할멈은 나이만 조금 더 먹었더라면 형 대신 내가 그 집을 물려받을 수 있었을 것이라고 믿었다.

형과 나는 그렇게 헤어졌지만, 난처한 것은 기요 할멈의 거처 문제였다. 물론 형도 데리고 갈 형편이 안됐지만 기요 할멈도 형을 따라 규슈까지 갈 생각은 털끝만큼도

없었다. 그 당시 나는 다다미 네 장 반짜리 싼 하숙방에
기거하는 처지였고 그것마저도 여차하면 빼주어야 해서
상황이 안 좋았다. 어쩔 도리가 없었다. 하는 수 없이 기
요 할멈에게 물어보았다.

"어디 남의 집 종살이라도 할 생각이야?"

그러자 기요 할멈은 결심한 듯 말했다.

"도련님이 집을 갖고 아내를 얻게 될 때까지는 조카한
테 신세를 질 수밖에 없겠네요."

기요 할멈의 조카는 재판소의 서기로 근무하고 있었는
데 비교적 생활에 여유가 있는지 지금까지 기요 할멈에게
오고 싶으면 오라고 여러 번 권한 바 있었다. 하지만 기요
할멈은 비록 하녀로 고용살이하는 것이라 해도 오래 살아
익숙한 집이 좋다며 응하지 않았던 터였다.

그러나 지금은 사정이 달라졌으니 모르는 집에 새로
들어가서 눈치 보며 사는 것보다 조카한테 신세를 지는
편이 낫다고 생각한 듯하다. 그래도 여전히 나에게 빨리
집을 장만하라는 둥 아내를 맞이하라는 둥 가서 시중을
들겠다는 둥 하는 것을 보니 육친인 조카보다도 남인 내

가 더 좋은 모양이었다.

규슈로 떠나기 이틀 전에 형이 하숙집에 찾아와 600엔을 주면서 "이걸 자본으로 장사를 하든지, 학자금으로 삼아 공부를 하든지 마음대로 해라. 대신 더 이상의 도움은 줄 수 없어."라고 잘라 말했다.

형이 한 행동치고는 칭찬할 만했다. 그까짓 600엔이야 안 받아도 살 수는 있겠지만 평소와 다른 기특한 조치가 마음에 들었기 때문에 감사의 말을 하고 받아두었다. 그리고 기요 할멈에게 주라며 50엔을 더 내놓아서 이의 없이 받았다. 이틀 후 신바시 정류장에서 헤어진 후 형과는 두 번 다시 만나지 못했다.

나는 600엔을 어떻게 사용할지에 대해 누워서 생각했다. 장사는 귀찮기도 하고 잘될 것 같지도 않았다. 특히 600엔으로 장사다운 장사를 할 수도 없었다. 만약 한다고 해도 지금 상태로는 사람들 앞에 내세울 만한 교육을 받은 것도 아니므로 손해만 볼 것이다. 그래서 장사 밑천으로 쓰는 것은 그만두고 학자금으로 쓰기로 하였다. 600엔을 셋으로 나누어 1년에 200엔씩 사용하면 3년 동안 공부

할 수 있다. 3년 동안 열심히 공부하면 뭔가 될 것이라는 생각이 들었다.

그다음 어느 학교에 들어갈까 생각했는데, 나는 원래 공부와는 인연이 멀었다. 특히 어학이나 문학 쪽으로는 타고난 재주가 더더욱 없었다. 시(詩) 같은 것은 20줄 가운데서 단 한 줄도 이해하기 힘들었다. 어차피 전부 싫다면 뭘 해도 마찬가지라고 생각했다.

그러던 차에 물리학부 앞을 지나다가 생도 모집 광고가 붙어 있는 걸 보고 이것도 인연이라고 생각해 지원서를 받아 즉시 입학 절차를 밟아버렸다. 지금 생각하면 이것도 부모로부터 물려받은 덜렁쇠 기질 때문에 일어난 실책이었다.

3년 동안 다른 동급생들과 똑같이 공부했지만 특별히 머리가 좋은 편이 아니었기 때문에 석차는 언제나 뒤에서 세는 편이 빨랐다. 그러나 신기하게도 3년이 지나고 무사히 졸업할 수 있었다. 스스로 생각해도 이상했으나 불평할 이유는 더더욱 없었으므로 얌전히 졸업하자고 마음먹었다.

4

졸업한 지 여드레째 되는 날, 교장의 호출이 있었다. 무슨 일인가 싶어 가보았더니 시코쿠에 있는 중학교에 수학 교사 자리가 났다며 월급은 40엔인데 갈 의향이 있느냐고 물었다. 나는 3년 동안 공부했지만 솔직히 말하면 교사가 될 생각도, 시골로 갈 생각도 없었다. 그러나 교사 외에 뭘 하겠다는 목표도 없었기 때문에 제의를 받았을 때 "가겠습니다."라고 그 자리에서 승낙하고 말았다. 또다시 나의 덜렁쇠 기질이 고개를 드는 순간이었다.

일단 승낙한 이상 부임하지 않으면 안 된다. 이 3년 동안 나는 다다미 네 장 반짜리 하숙방에 틀어박혀 있으면서 잔소리는 단 한 번도 들은 적이 없었다. 싸움도 하지 않았다. 내 생애에 비교적 한가로운 시기였다고 할 수 있다. 그러나 이렇게 되었으니 다다미 네 장 반짜리 하숙방을 떠나야만 한다. 태어나서 지금까지 도쿄를 떠나본 적이라고는 동급생들과 함께 가마쿠라로 소풍 갔을 때가 전부였다. 그런데 이번엔 가마쿠라 정도가 아니다. 매우 먼 곳으로 가야 한다. 지도에서 찾아보니 그곳은 바닷가인데 바늘만큼 작아 보인다. 보나 마나 변변한 곳은 아닐 것이다. 그곳이 어떤 마을이고 어떤 사람들이 살고 있는지 지금의 나로서는 알 도리가 없다. 아니 안다고 해서 달라질 것은 없다. 그냥 떠나면 되는 것이다. 그런데 솔직히 조금 귀찮다는 생각이 든다.

집을 팔고 난 후엔 가끔 기요 할멈이 사는 집에 들렀다. 할멈의 조카라는 사람은 의외로 괜찮은 사람이었다. 내가 갈 때마다 집에 있는 날이면 이것저것 대접해주었다. 기요 할멈은 나를 앞에 두고 조카한테 내 자랑을 잔뜩 늘어놓곤 했다. 학교를 졸업하게 되면 머지않아 고마치 쪽에 집을 사고 관청을 다니게 될 것이라고 허풍을 떨기도 했다. 할멈 마음대로 말하는 통에 정작 당사자인 나는 무안해서 얼굴이 붉어질 정도였다. 이런 적이 한두 번이 아니었다. 그러다가 느닷없이 내가 어렸을 때 자다가 오줌 싼 이야기까지 하는 데에는 할 말을 잃었다. 할멈의 조카는 무슨 생각을 하며 할멈이 늘어놓는 내 자랑을 듣고 있었을까. 그런 생각을 하면 얼굴이 다 화끈거린다.

기요 할멈은 옛날 사람이라서 그런지 자신과 나의 관계를 마치 막부 시절의 주종 관계처럼 여기는 것 같았다. 그래서 자신의 주인이라면 조카에게도 주인이 된다고 믿는 듯했다. 그야말로 조카의 꼴이 딱하게 되고 말았다.

떠나기로 약속한 날의 사흘 전에 기요 할멈을 찾아갔더니 감기에 걸려 다다미 세 장짜리 북향 방에 누워 있었다. 내가 온 것을 보고 일어나자마자 "도련님, 언제 집을 장만하시나요?"라고 물었다. 기요 할멈은 내가 졸업만 하면 돈이 저절로 주머니 속에서 솟아난다고 아나 보다. 그런 대단한 사람을 붙들고 왜 여태껏 도련님이라고 부르며 어린애 취급하는지 모를 일이다.

"당분간 집은 장만하지 않을 거야. 시골로 발령받아서

그곳으로 갈 것 같아."라고 내가 간단히 답했더니 할멈은 매우 실망한 모습으로 반백의 흐트러진 귀밑머리를 자꾸 쓰다듬었다. 나는 그 모습이 너무 가엾어서 "가기는 가지만 곧 돌아올 거야. 내년 여름 방학 때는 꼭 올게." 하고 위로해주었다. 그런데도 묘한 얼굴을 하고 있기에 "올 때 무슨 선물을 사다 줄까? 원하는 거 있어?" 하고 물어봤더니 할멈이 대답했다.

"에치고의 명물인 갈엿(떡갈잎으로 싼 엿)이 먹고 싶어요."

처음 들어보는 엿 이름인 데다 결정적으로 에치고는 내가 가는 곳과는 방향이 전혀 다른 곳이었다.

"내가 가는 시골에는 조릿대 잎으로 싼 사탕은 없을 것 같아."라고 했더니 "그럼 방향이 어디인데요?"라고 물었다. "서쪽이야."라고 하자 "하코네 지나서예요? 지나기 전이에요?"라고 물었다. 나는 한동안 기요 할멈의 물음에 답하느라 진을 빼야 했다.

출발하는 날은 기요 할멈이 아침부터 와서 이것저것 챙겨주었다. 오는 도중 잡화점에서 사온 칫솔, 치약, 이쑤시개, 수건을 천 가방에 넣어주었다. 그런 것은 필요 없다고 해도 좀처럼 들으려 하지 않았다. 인력거를 타고 정류장까지 따라와 플랫폼에 선 기요 할멈은 기차에 올라타는 내 얼굴을 가만히 쳐다보며 말했다.

"이것으로 마지막이 될지도 모르겠네요. 도련님, 아무쪼록 건강하세요."

눈에는 눈물이 가득 고여 있었다. 나는 울지 않았다. 그러나 조금 더 있었더라면 울음을 터뜨렸을 것이다. 기차가 출발한 지 한참이 지나서 이젠 갔겠거니 싶어 창으로 목을 빼고 돌아보았는데 기요 할멈은 아직도 그 자리에 서 있었다. 왠지 할멈의 모습이 몹시 조그맣다는 생각이 들었다.

2편

선생님이 된 도련님

1

증기선이 부– 하는 뱃고동 소리를 내며 멈춰 서자 거룻배가 부둣가를 떠나 노를 저어 다가왔다. 사공은 벌거벗은 몸에 빨간색 훈도시(남자의 국부를 가리는 폭이 좁고 긴 천)만 하나 달랑 차고 있었다. 야만스러운 곳이다. 하긴 이렇게 더워서야 어디 옷을 입을 수 있겠나.

햇빛이 강해서 물이 유난히 반짝였다. 바라보고 있으니 현기증이 났다. 사무원에게 물어보니 이곳에서 내려야 한다고 일러주었다.

언뜻 보기에 오모리(도쿄 근처의 마을) 정도 규모의 어촌이었다. '사람을 바보 취급하다니. 이런 곳에서 어떻게

037

살란 말인가.'라고 생각했지만 어쩔 수 없었다. 기세 좋게 제일 먼저 거룻배에 올라탔다. 뒤따라 대여섯 명이 타고, 이어 커다란 상자가 네 개 정도 더 실리자 빨간색 훈도시를 입은 사공이 기슭으로 배를 저어갔다.

부둣가에 거룻배가 도착했을 때도 나는 맨 먼저 뛰어올라가 다짜고짜 물가에 서 있던 코흘리개 꼬마를 붙잡고 중학교가 어디에 있는지 물었다. 꼬마는 멍한 얼굴로 "몰라요."라고 대답했다.

'코딱지만 한 동네에 살면서 중학교가 어디 있는지도 모르다니. 멍청한 시골뜨기 같으니라고…….'

그때 마침 이상한 통소매 옷을 입은 남자가 와서 이쪽으로 따라오라기에 갔더니 미나토야(港屋)라는 여관이었다. 여관 입구에 들어서자 "어서 들어오세요." 하는 여자들의 간드러진 목소리가 들렸는데 너무 불쾌하고 꺼림칙하여 머물고 싶지 않았다.

나는 문 앞에 서서 중학교가 어디에 있느냐고 물었다. 그랬더니 중학교는 여기에서 기차를 타고 한 8킬로미터 더 가야 한다는 것이다. 그 말을 들으니 더욱 여관에 있기가 싫어졌다. 그래서 나는 통소매를 입은 남자에게로 가서 그가 들고 있던 내 가방 두 개를 냉큼 낚아채곤 성큼성큼 걸어 그곳에서 나와버렸다. 여관 사람들은 이상하다는 표정으로 나를 바라보았다.

기차역은 바로 찾았다. 차표도 별일 없이 구했다. 타고 보니 완전히 성냥갑 같은 기차였다. 덜컹덜컹 5분 정도 움직였나 싶었는데 벌써 목적지에 도착했다. 어쩐지 차표가 싸다 했다. 겨우 3전이었으니 말이다. 거기서 인력거를 타고 마침내 중학교에 도착했는데, 기껏 고생해서 찾아왔더니 벌써 수업이 다 끝나서 아무도 없었다. 숙직 선생님은 볼일이 있어서 잠깐 외출했다고 사환이 가르쳐주었다. '참 속 편한 숙직 선생도 다 있구나.' 하고 생각했다. 교장에게 인사라도 하고 갈까 했으나 너무 피곤해서 다시 인력거에 올라 여관으로 가자고 했다. 인력거꾼은 기세 좋게 달리더니 '야마시로야'라는 여관 앞에 인력거를 바짝 댔다. 야마시로야는 간타로네 전당포와 상호가 같았기 때문에 왠지 재미있다는 생각이 들었다.

여관 종업원은 나를 2층으로 올라가는 계단 아래에 있

는 좁고 어두컴컴한 방으로 안내했다. 그 방은 견딜 수 없을 정도로 더웠다. 그래서 이 방은 싫다고 했더니 공교롭게도 다른 방은 다 찼다고 말하며 내 가방을 팽개치듯 내려놓고는 나가버렸다. 나는 할 수 없이 방 안으로 들어가 땀을 뻘뻘 흘리며 더위를 참고 있었다. 얼마 후 목욕하라기에 탕에 들어가 급히 목욕을 끝내고 나왔다.

방으로 돌아갈 때 살펴보니 시원해 보이는 빈방이 많았다. 괘씸한 놈들이 내게 거짓말을 한 것이다. 잠시 뒤 하녀가 밥상을 들고 왔다. 방은 더웠지만 밥은 도쿄 하숙집보다 훨씬 맛있었다. 밥시중을 들던 하녀가 "어디서 오셨어요?"라고 묻기에 도쿄에서 왔다고 대답했다.

"도쿄는 좋은 곳이지요?"

"당연하지."

밥상을 물린 하녀가 부엌으로 들어간 후 커다란 웃음소리가 들렸다. 나는 따분한 나머지 바로 잠자리에 들었으나 좀처럼 잠을 이룰 수가 없었다. 더울 뿐만 아니라 시끄러웠다. 하숙집보다 다섯 배는 더 시끄러웠다. 그러다가 깜빡 잠이 들었는데 기요 할멈의 꿈을 꿨다. 기요 할멈이 에치고의 명물인 갈엿을 먹고 있었는데, 그 엿을 싼 잎사귀까지 우적우적 씹어 먹고 있었다. 잎사귀는 해로우니 먹지 말라고 했더니 오히려 잎사귀가 약이라며 맛있게 먹었다. 너무나 어이가 없어서 "하하하!" 하고 웃다가 잠에서 깼다. 하녀가 덧문을 열고 있었다. 날은 여전히 찜통처럼 무더웠다.

여행하면서 여관에 머물 때는 반드시 팁을 줘야 한다는 말을 들은 적이 있다. 팁을 주지 않으면 푸대접받는다는 것이다. 이런 비좁고 어두운 방에 처넣은 것도 팁을 주지 않았기 때문일 것이다. 초라한 행색에 천 가방과 너덜너덜한 우산을 들고 있었으니 오죽하랴 싶기도 했다.

촌놈 주제에 사람을 업신여기다니……. 팁을 주어 놀라게 해줘야지. 나는 이래 봬도 남은 학자금 30엔을 품에 넣고 도쿄에서 온 사람이다. 차비와 잡비로 쓰고 남은 돈이 아직 14엔 정도 있다. 전부 다 주어도 앞으로 월급을 받을 테니 문제가 될 것은 없다. 촌사람들은 인색해서 5엔만 주어도 놀라서 눈이 휘둥그레질 게 분명하다.

다음 날 아침 어떡하나 보려고 나는 시치미를 뚝 떼

고 세수를 한 후 방으로 돌아가 종업원이 오기를 기다렸다. 어제저녁에 왔던 하녀가 밥상을 들고 들어왔다. 쟁반에 받쳐 밥시중을 들면서 필요 이상으로 히죽히죽 웃고있다. 정말 건방진 계집이다. 내 얼굴이 재미있게 생긴 것도 아니고……. 하녀 얼굴보다 내 얼굴이 훨씬 낫다. 밥을 먹고 나서 주려고 했으나 부아가 치밀어서 먹던 중에 5엔지폐를 한 장 꺼내 주며 말했다.

"나중에 이걸 계산대로 가져가."

종업원은 의아해하는 표정을 지었다. 마저 식사하고 곧장 학교로 출발했다. 구두는 닦여 있지 않았다. 학교는 어제 인력거를 타고 가며 보았기 때문에 대강 위치를 알고있었다. 모퉁이를 두세 번 도니 바로 학교 정문이 나왔다. 교문에서 현관까지 화강암이 깔려 있었다. 어제 인력거를 타고 이 길을 지나갔을 때 턱없이 큰 소리가 나서 시끄러웠다.

오는 도중에 교복을 입은 학생을 많이 만났는데 모두 이 문으로 들어갔다. 그중에는 나보다 키가 크고 강해 보이는 녀석들도 있었다. '저런 녀석들을 가르쳐야 한단 말인가.'라는 생각이 들며 어쩐지 기분이 꺼림칙했다.

　직원에게 명함을 내밀었더니 교장실로 안내했다. 교장은 수염이 듬성듬성 나고 피부가 검고 눈이 큰 너구리처럼 생긴 남자로 유별나게 점잔을 빼고 있었다. 아무쪼록 잘 가르쳐 달라는 당부의 말과 함께 큰 도장이 찍힌 임명장을 정중하게 건네주었다.

　그때 받은 임명장은 도쿄로 돌아갈 때 꾸겨서 바다에 내던져버렸다. 교장은 잠시 후 교사들에게 소개해줄 테니 한 사람 한 사람에게 그 임명장을 보여주라고 했다. 쓸데없는 수고. 그런 귀찮은 일을 할 바에는 임명장을 사흘간 교무실에 붙여두는 편이 나을 것이다.

　교사들이 교무실에 모이려면 1교시가 끝나는 나팔 소리가 나야 한다. 그때까지 꽤 시간이 남았다. 교장은 시계를 꺼내 보더니 "앞으로 천천히 이야기할 생각이지만 우선 대강 알아두시오." 하며 교육정신에 대해서 일장 연설을 시작했다. 물론 나는 건성으로 흘려듣고 있었는데, 듣다 보니 '이거 얼토당토않은 곳에 와버렸구나.' 하는 생각이 들었다. 교장의 말대로는 도저히 할 수 없을 것 같았다.

나처럼 덜렁대는 사람을 붙잡고 학생들의 모범이 되라는 둥, 학교의 교사로 존경을 받아야 한다는 둥 학문 이외에도 덕행으로 학생들에게 감화를 주지 않으면 교육자가 될 수 없다는 둥 엄청난 요구를 해대는 것이었다.

그토록 위대한 사람이 고작 월급 40엔을 받고 멀리 도쿄에서 이런 촌구석까지 오겠는가. 인간이란 거의 비슷해서 화가 나면 싸움 정도는 할 수 있다고 생각했는데 이때만큼은 입도 뻥긋 못할 분위기였다. 마음대로 돌아다닐 수도 없는 상황이었다.

이토록 어려운 자격을 요구하는 자리라면 고용하기 전에 미리 말해주기라도 했어야 옳은 게 아닌가. 나는 거짓말하는 것을 싫어하니 어쩔 도리가 없었다. 속은 셈 치자고 단념하고는 이쯤에서 거절하고 돌아가려고 했다. 여관에 5엔을 줬으니 지갑에는 9엔 정도밖에 없다. 9엔으로는 도쿄까지 돌아갈 수 없다. 팁 따위 주지 말았어야 했다. 괜한 짓을 했다. 그러나 9엔으로 어떻게 해볼 수 있을 것이다. 여비가 부족하더라도 거짓말을 하는 것보다는 낫다고 생각하여 "도저히 교장 선생님이 말씀대로 할 수 없을 것 같습니다. 이 임명장은 돌려드리겠습니다."라고 했더니 교장은 너구리 같은 눈을 껌벅거리며 나의 얼굴을 바라보다가 입을 열었다.

"지금 내가 한 말은 어디까지나 희망 사항이며 선생께서 그렇게 할 수 없다는 것을 잘 알고 있으니 걱정할 것 없소이다."

이렇게 말하며 웃었다. 처음부터 그럴 줄 알았다면 왜 그런 말을 해서 사람을 놀라게 하는지 알다가도 모를 일이었다.

2

여러 이야기를 하는 동안에 나팔 소리가 울렸다. 교실 쪽
이 갑자기 시끌시끌해졌다. 교장이 "교사들도 교무실에 왔
을 것이네."라고 하기에 그를 따라서 교무실로 갔다. 넓고
긴 교실 주위에 책걸상이 줄지어 있었고 교사들이 자리에
앉아 있었다. 내가 들어가자 모두 약속이라도 한 듯이 내
얼굴을 쳐다보았다. 구경거리도 아닐 텐데 말이다.

나는 교장이 가르쳐준 대로 한 사람 한 사람 앞에 가서
임명장을 내밀며 인사했다. 대부분 의자에서 일어나 허리
를 굽혔지만 어떤 사람은 착실하게도 내민 임명장을 받아
서 한 번 읽어보고는 그것을 정중하게 돌려주었다. 삼류

연극배우 같은 동작이었다.

열다섯 번째 차례로 체육 교사 앞에 섰을 때는 같은 동작을 여러 번 했기 때문에 조금 짜증이 나려 했다. 상대편은 한 번에 끝나는 일이지만, 나는 같은 동작을 열다섯 번이나 반복하고 있는 셈이다. 이런 내 입장을 조금이라도 아는지 모르겠다.

인사한 사람 중에 교감인지 뭔지 하는 사람도 있었다. 듣자니 그는 문학사라고 했다. 적어도 문학사라고 한다면 대학을 졸업한 엘리트일 것이다. 그런데 어쩌자고 여자같이 가늘고 간드러진 목소리를 가졌는지 모를 일이다. 더욱 놀라운 일은 이렇게 더운 날씨에 모직 셔츠 차림이라는 것이다. 옷감이 얇긴 해도 분명 더울 것이다. 문학사여서 이토록 고생스러운 복장을 하고 있나? 게다가 빨간색 셔츠라니, 다른 사람의 이목 따위는 신경 쓰지 않는 옷차림이 아닌가.

나중에 들으니 교감은 일 년 내내 빨간색 셔츠를 입는다고 한다. 분명 어딘가 아픈 사람임이 틀림없다. 본인의 변명에 따르자면 빨간색은 몸에 약이 되니 건강을 위해 일부러 입는단다. 참 걱정도 팔자다. 그렇다면 내친김에 기모노도 하카마(일본 전통의상으로 하반신에 착용하는 겉옷)도 빨간색으로 하면 좋을 것이다.

그리고 '고가'라는 이름의 영어 교사가 있었는데 안색이 몹시 안 좋았다. 대개 얼굴이 창백한 사람은 몸도 바싹 마른 편인데 이 남자는 창백하면서도 퉁퉁했다. 초등학교 때 '아사이 다미'라는 동급생이 있었는데 그 친구의 아버지도 안색이 이와 비슷했다. 아사이네 집은 농사를 지었기 때문에 "농사꾼이 되면 저런 얼굴이 돼?" 하고 기요 할멈에게 물어보았다. 그랬더니 기요 할멈은 "그렇지 않아요. 저 사람은 덩굴 끝물 호박만 먹었기 때문에 창백하고 퉁퉁한 거예요." 라고 가르쳐주었다. 그 이후 창백하고 퉁퉁한 사람만 보면 끝물 호박만 먹은 탓이라고 생각하게 되었다.

이 영어 교사도 끝물만 먹은 것이 틀림없다. 그런데 나는 물론 끝물이 무엇인지 아직도 모른다. 기요 할멈에게 물어본 적이 있지만 웃으며 대답하지 않았다. 아마 기요 할멈도 무슨 뜻인지 모르는가 보다.

그리고 나와 같은 수학 교사로 '홋타'라는 사람이 있었다. 그는 건강한 체격에 빡빡머리여서 깡패 두목 같은 인상이었다. 내가 정중하게 내보인 임명장을 쳐다보지도 않고 이렇게 말했다.

"이봐, 자네가 새로 온 교사인가? 나중에 놀러 오게. 아하하하."

뭐가 우스운지 모르겠다. 이런 예의도 모르는 놈의 집에 누가 놀러 갈까 보냐. 나는 그 순간부터 이 빡빡머리에게 '멧돼지'라는 별명을 붙여주었다.

한문 교사는 과연 점잖은 분이셨다.

"어제 도착하셔서 피곤하실 텐데 벌써 수업하러 나오시다니 참으로 열심이십니다."

이러면서 쉴 새 없이 떠들어대는 걸 보니 붙임성 좋은 영감쟁이인가 보다. 미술 교사는 완전히 연예인 같았다. 하늘거리는 비단 하오리(골반이나 넓적다리까지 내려오는 일본의 전통 겉옷)를 입고 부채를 접었다 폈다 하며 말했다.

"고향이 어디예요? 아, 도쿄? 이거 참 반가워요. 고향 친구가 생겼네……. 내가 이래 봬도 에돗코(도쿄에서 태어나 성장한 사람을 이름)랍니다."

이렇게 밥맛없는 자가 도쿄 토박이라면 그곳에서 두 번 다시 태어나고 싶지 않다는 생각이 들었다. 그 밖에 다른 교사들에 대해서도 이런 식으로 쓴다면 얼마든지 쓸 수 있지만 끝이 없을 것 같아 그만 쓰겠다.

인사가 어느 정도 끝나자 교장이 "오늘은 가도 좋네. 수업에 대해서는 수학 주임과 상의하여 모래부터 수업을 시작해주게."라고 말했다. 수학 주임이 누구냐고 물었더니 당혹스럽게도 그 '멧돼지'란다.

'젠장, 하필이면 그 인간 밑에서 일을 해야 하다니 참 운도 없다.'

나는 실망했다. 멧돼지는 "이봐, 자네 어디서 묵고 있나? 야마시로야라고? 그럼 나중에 들를 테니 그때 상의를 하자고."라고 말한 후 분필을 들고 교실로 가버렸다. 주임이면서 본인이 찾아와서 상의하겠다니, 뭘 모르는 남자다. 뭐, 나보고 오라고 하는 것보단 낫지.

교문을 나와서 바로 여관으로 돌아갈까 하다가 가도 특별한 일이 없어서 마을이나 한 바퀴 돌아볼 생각으로 발길 닿는 대로 걸었다. 현청을 보았다. 에도 시대에 지어진 오래된 건물이다. 병사(兵舍)도 보았다. 아자부에 있는 연대보다 멋지지 않다. 번화가에도 가보았다. 도로 폭이 가구라자카의 반 정도밖에 되지 않는다. 25만 석의 성하(城下) 따위 뻔하다. 이런 곳에 살면서 성하에 산다고 뻐기는 인간들이 가엾다는 생각이 들었다.

이런저런 생각을 하며 걷다 보니 어느 틈에 야마시로야 앞에 와 있었다. 겉으로는 넓은 듯했는데 실제는 그보단 더 좁은 곳이라는 생각이 들었다. 이것으로 동네 한 바퀴는 다 돈 셈이다. 밥이라도 먹을 생각으로 대문으로 들어섰다. 그런데 카운터에 앉아 있던 여주인이 내 얼굴을 보자 급히 달려 나와 "어서 오세요." 하며 마루에 이마가 닿을 정도로 엎드려 절을 했다.

신발을 벗고 올라서자 "빈방이 났어요." 하며 하녀가 2층으로 안내하는 것이었다. 안내를 받아 도착한 곳은 2층 정면에 위치한 다다미 열다섯 장 크기에 도코노마(일본식 방의 상단에 바닥을 한층 높게 해서 벽에 족자를 걸고 바닥에 꽃이나 장식을 해두는 곳)가 딸린 방이었다. 이렇게 멋진 방에 묵는 것은 태어나서 처음이다. 앞으로 언제 다시 이런 곳에서 묵어보나 싶어 양복을 벗고 유카타(여름철이나 목욕할 때 입는 무명 홑옷) 차림으로 방 한가운데에 큰대자로 드러누웠다. 기분이 날아갈 것 같았다.

점심을 먹고 곧바로 기요 할멈에게 편지를 썼다. 나는 글솜씨가 없는 데다 맞춤법도 자신 없어서 편지 쓰기를 무척 싫어한다. 마땅히 편지를 보낼 곳도 없었다. 그러나 기요 할멈은 날 무척 걱정하고 있을 터였다. 배가 뒤집혀 죽지나 않았을까 하고 걱정할 것이 뻔했기 때문에 큰맘먹고 장문의 편지를 써서 보냈다. 내용은 다음과 같다.

어제 도착했어. 여긴 아주 시시한 곳이야. 다다미 15장짜리 방에 누워 있어. 여관에 팁을 5엔 줬더니 여주인이 이마가 바닥에 닿을 정도로 인사를 했어. 어젯밤은 잠을 이루지 못하다가 꿈을 꿨는데 기요가 에치고의 갈엿을 잎사귀째 먹는 꿈이었어. 내년 여름에는 돌아갈 거야. 오늘은 학교에 갔는데 선생들 모두에게 별명을 다 붙여줬지 뭐야. 교장은 너구리, 교감은 빨간 셔츠, 영어 선생은 끝물 호박, 수학 선

생은 멧돼지. 미술 선생은 아첨꾼. 조만간 또 여러
가지를 적어 보낼게. 안녕.

편지를 썼더니 한결 기분이 좋아지면서 졸음이 밀려왔
다. 조금 전처럼 방 한가운데 느긋하게 큰대자로 어떤 꿈
도 꾸지 않고 푹 잤다.

"이 방이오?"

밖에서 들려오는 큰 소리 때문에 잠에서 깼더니 멧돼
지가 방으로 들어오고 있었다.

"아까는 실례했네. 자네가 담당할 일은 말일세……."

이렇게 막 잠에서 깨어난 사람을 붙들고 다짜고짜 본
론으로 들어가는 바람에 나는 얼떨떨했다. 내가 담당할
일을 들어보니 특별히 어려울 것도 없을 것 같아 알겠다
고 대답했다. 이 정도의 일이라면 모레가 아니라 당장 내
일부터 출근할 수 있을 것 같다는 생각이 들었다. 수업 상
담이 끝나자 멧돼지는 느닷없이 화제를 바꾸었다.

"자네 언제까지 이런 여관에 있을 생각인가? 내가 좋은
하숙집을 주선해줄 테니 옮기게. 다른 사람이면 몰라도

내가 말하면 방을 내줄 걸세. 빠를수록 좋으니 오늘 보고 내일 옮기도록 하세. 그리고 모레부터 학교에 나오면 딱 좋을 것이네." 하며 혼자서 다 정해버렸다.

그도 그렇기는 하다. 다다미 열다섯 장짜리 방에 언제까지 있을 수는 없다. 월급을 여관비로 전부 사용해도 부족할지도 모른다. 팁을 5엔이나 줬는데 바로 옮기는 것은 아깝다는 생각이 들기도 했다 하지만 어차피 옮길 생각이라면 빨리 옮겨 자리를 잡는 것이 나을 것 같아서 거기에 대해서는 멧돼지에게 일임하기로 했다.

멧돼지가 여하튼 같이 가보자고 해서 갔다. 따라가서 보니 집은 변두리 언덕 중턱에 있어서 매우 한적했다. 주인은 골동품을 매매하는 '이카긴'이라는 남자였다. 그의 아내는 남편보다 네 살 연상이었다. 나는 중학생 때 영어단어 'witch(마녀)'를 배웠는데, 골동품가게 주인 여자는 그때 상상했던 마녀의 모습과 완전히 닮아있었다. 하지만 그녀가 정말 마녀라고 해도 다른 사람의 아내이니 상관없다. 결국 나는 내일 당장 이사를 하기로 했다.

돌아가는 길에 멧돼지가 도오리초(通町)에서 빙수 한

그릇을 사주었다. 학교에서 만났을 때는 몹시 건방지고 무례한 작자라고 생각했는데 이렇게 여러 가지로 신경 써주는 것을 보니 나쁜 사람은 아닌 듯했다. 다만 나와 마찬가지로 성미가 급하고 짜증을 잘 내는 것 같았다. 나중에 들은 바로는 이 남자가 학생들 사이에 가장 인망(人望)이 높다고 했다.

3

드디어 학교에 첫 출근을 했다. 처음 교실에 들어가 교단에 섰을 때는 뭔가 묘한 느낌이었다. 수업을 진행하면서 나 같은 사람도 선생을 할 수 있을까 하는 의구심이 들었다. 학생들은 여간 소란스러운 것이 아니었다. 때로는 쩌렁쩌렁한 목소리로 "선생님!" 하고 불러댔다. 그 '선생님' 소리를 들으니 감회가 새로웠다.

지금까지 학교에서 수없이 불러왔던 말이지만 막상 내가 그렇게 불리는 입장이 되니 느낌이 하늘과 땅 차이였다. 왠지 발가락이 근질거렸다. 나는 비겁하거나 겁쟁이는 아니지만 안타깝게도 배짱이 부족하다. 큰 소리로 "선생님!"이라고 불리면 배가 고플 때 마루노우치(도쿄에 있는 빌딩 거리)에서 정오를 알리는 대포 소리를 듣는 기분이 됐다.

첫 시간은 그럭저럭 적당히 마쳤다. 그다지 곤란한 질문도 없었다. 교무실로 돌아오니 멧돼지가 괜찮았느냐고 물었고 간단히 괜찮았다고 대답해주니 안심하는 것 같았다.

둘째 시간에 분필을 들고 교무실을 나설 땐 왠지 적지로 쳐들어가는 듯한 기분이었다. 교실로 들어가니 이번 반은 이전 반보다 몸집이 커다란 녀석들만 모여 있었다. 나는 도쿄 토박이인 데다 몸집이 작고 마른 편이어서 높은 강단에 서도 위엄 있게 보이지 않는다.

그래도 싸움이라면 씨름꾼하고도 겨뤄볼 자신이 있다. 하지만 이런 커다란 녀석들을 40명이나 앞에 놓고 단지 세 치 혀로 제압할 수완은 내게 없다. 그러나 이런 촌것들에게 약점을 잡히면 버릇이 될 것 같아서 되도록 커다란 목소리로 강하게 말하며 수업을 진행했다.

처음에는 내 기세에 압도당했는지 아이들이 어리둥절한 표정으로 얌전하게 있었다. 나는 속으로 그럴 줄 알았다고 생각하며 기세 좋게 말을 이어갔는데, 맨 앞줄의 중앙에 앉아 있던 가장 억세 보이는 녀석이 갑자기 일어나더니 "선생님." 하고 부르는 것이었다. 올 것이 왔다 싶어 "뭐지?" 하고 물었더니 "아따, 너무 빨라서 못 알아묵응께로 쪼께 천천히 해주시면 좋겠지라우이."라고 하는 것이다.

"내 말이 너무 빠르다면 천천히 말하겠지만 나는 도쿄 토박이여서 여러분처럼 끝이 늘어지는 말투는 사용할 수 없단다. 서로 제대로 알아들을 때까지는 시간에 맡기는 수밖엔 없겠어."라고 대답해주었다.

이런 식으로 둘째 시간도 생각보다 잘 넘어갔다. 다만 수업이 끝나고 교실에서 나가려는 순간이었다.

"이 문제 좀 쪼께 풀어주시면 좋겠지라우이."

한 녀석이 불쑥 문제지를 들이미는 것이 아닌가? 그것도 좀처럼 풀릴 것 같지 않은 기하학 문제였다. 순간, 나는 식은 땀이 흘렀다. 그래서 이렇게 대답하는 수밖에 없었다.

"잘 모르겠으니, 다음 시간에 가르쳐주겠네."

내가 서둘러 나오려고 하는데 학생들이 "와아!" 하고 소리를 질렀다. "못한당께, 못한당께." 하고 외치는 소리도 들려왔다.

　짜증나는 놈들, 선생이어도 못 푸는 문제가 있는 법이다. 못 푸는 것을 못 푼다고 했을 뿐인데 뭐가 이상하단 말인가. 이런 문제를 척척 풀 수 있다면 누가 40엔 받고 이런 촌구석까지 오겠냔 말이다. 암, 그렇고말고!

　이런 생각을 하며 교무실로 돌아왔다. "이번엔 어땠나?" 하고 또 멧돼지가 물었다. "뭐, 그냥……." 이라고 답했지만 그것만으로 성이 차지 않았기 때문에 "에이, 이 학교의 학생들은 순 멍텅구리들만 모여 있군." 하고 덧붙였더니 멧돼지는 묘한 표정을 지었다.

　3교시도 4교시도 점심시간 이후 5교시도 수업 분위기는 비슷했다. 첫날 들어간 모든 반마다 조금씩 실수를 했다. 교사 노릇은 생각만큼 쉽지 않았다. 수업은 모두 끝났지만 일찍 퇴근할 수는 없었다. 3시까지 우두커니 기다려야 했다. 왜냐하면 3시에 자기 반 학생이 교실 청소가 끝났다고 보고하러 오면 검사를 해야 했기 때문이다. 청소 검사 후 출석부를 한 차례 점검하고 나서야 겨우 한숨을 돌릴 수가 있다.

아무리 월급을 받고 하는 일이지딴 할 일도 없는데 3시까지 학교에 잡아두고 책상과 눈싸움을 시키다니 참 불합리하다는 생각이 들었다. 그러나 다른 교사들이 다 얌전히 규칙대로 하고 있는데 신참인 내가 떼를 쓸 수도 없는 노릇이기에 가만있었다. 그러나 결국 참지 못하고 퇴근길에 멧돼지에게 한마디하고야 말았다.

"저기, 수업도 끝났는데 사람을 3시까지 학교에 잡아두다니, 너무 심한 거 아닌가요?"

"그건 그래. 하하하!"

멧돼지는 한바탕 웃고 나더니 갑자기 진지한 표정으로 말했다.

"자네, 학교에 대한 불평을 너무 입 밖에 내면 안 되네. 불평하고 싶다면 나에게만 살짝 말하는 게 좋아. 학교에는 상당히 이상한 사람들도 있으니."

그는 충고 비슷한 말을 해주었다. 우리는 네거리에서 헤어졌기 때문에 자세한 것은 더 물어볼 수가 없었다.

4

집에 돌아오니 하숙집 영감이 "차를 끓입시다."라면서
들어왔다. 그래서 그가 내게 차를 대접하려나 보다 했더
니 허락도 없이 내 차를 끓여 내와서 자기 혼자 홀짝홀짝
마시는 것이 아닌가. 이러는 걸 보니 내가 없는 동안에도
멋대로 차를 끓여서 혼자 마셨을지도 모르겠다.

영감이 말을 꺼냈다.

"제가 원래 그림, 글씨, 골동품을 좋아했는데 그러다 보
니 결국 이런 장사를 시작하게 되었습니다. 선생님도 보
아하니 꽤 풍류를 즐기실 것 같은데 취미로 시작해보는
것이 어떻겠습니까?"

얼토당토않은 권유였다. 2년 전 어떤 사람의 심부름으로 제국 호텔에 갔을 때 열쇠 수리공으로 오해받은 적이 있다. 담요를 걸치고 가마쿠라의 대불상을 구경하러 갔을 때는 인력거꾼에게 나리라고 불렸다. 그 밖에도 지금까지 나를 잘못 판단한 사람은 많았지만, 내게 "상당한 풍류객이신 것 같습니다."라고 말한 사람은 영감이 처음이었다.

대개는 행색을 보면 풍류객인지 아닌지 알 수 있다. 풍류객은 그림을 보아도 알 수 있듯이 두건을 쓰고 있거나 단자쿠(시나 노랫말을 적는 길이가 길고 폭이 좁은 두꺼운 종이)를 쥐고 있기 마련이다. 이런 나를 풍류객이라고 칭하다니, 보통내기가 아닌 듯싶었다.

"저는 그런 풍류나 즐길 만큼 한가하지 않습니다."

이렇게 대답하자 영감은 씁쓸한 표정을 지으며 이렇게 말했다.

"아니지요. 처음부터 좋아하는 사람은 아무도 없지요. 그러나 일단 한번 보시면 푹 빠져든다니까요. 이 길로 들어서면 좀처럼 빠져나올 수 없답니다."

그러더니 영감은 야릇한 손놀림으로 차를 따라 마셨다.

사실은 어제저녁 차를 사다 달라고 부탁했었다.

"저는 이렇게 쓰고 진한 차는 좋아하지 않습니다. 한 잔만 마셔도 위에 무리가 갈 것 같아서요. 다음부터는 좀 덜 쓴 것으로 사다 주십시오."

그는 알았다고 대답한 후 한 잔, 또 한 잔, 주전자가 바닥이 드러나도록 그렇게 마셔댔다. 남의 것이라면 끝장을 보고야 마는 심보일까, 별 이상한 영감쟁이를 다 본다. 영감이 물러간 후 나는 내일 수업 준비를 하고 바로 잠자리에 들었다.

그 후로는 매일 학교에 나가서 정해진 대로 일했다. 집에 돌아오면 주인 영감이 매일같이 차 한잔하자며 찾아왔다. 그렇게 일주일 정도 지나자 학교 상황도 대강 파악되었고 하숙집 주인 부부의 성격도 대충 감이 잡혔다. 다른 선생에게 듣기로는 부임하고 나서 일주일에서 한 달 정도 사이에는 자신의 평판이 좋은지 나쁜지 상당히 신경 쓴다고 하는데, 나는 전혀 신경 쓰지 않았다. 때때로 교실에서 실수할 때는 꺼림칙한 기분이 들었지만, 그것도 30분 정도 지나면 깨끗이 잊어버렸다.

나는 무슨 일이든 오래도록 걱정하고 싶어도 그렇게 되지 않는 사람이다. 교실에서의 실수가 학생들에게 어떤 영향을 주고, 그로 인해 교장이나 교감이 어떤 반응을 보일지에 대해 전혀 아랑곳하지 않았다.

나는 앞에서도 말했듯이 그다지 배짱이 두둑한 남자는 아니었지만, 단념은 몹시 빠른 인간이었다. 이 학교가 별로라면 즉시 다른 곳으로 갈 각오를 했기 때문에 너구리도 빨간 셔츠도 전혀 두렵지 않았다. 하물며 교실의 까까머리 녀석들에게 잘 보이고 싶은 마음은 전혀 없었다. 학교생활은 그럭저럭 괜찮았지만 하숙집이 문제였다. 영감이 단지 차만 마시러 오는 것이라면 참을 수 있겠지만, 여러 가지 물건을 가지고 와서 골치였다.

처음 가지고 온 것은 도장을 파는 데 쓰는 재료였는데, 열 가지 정도를 늘어놓고는 모두 합해서 3엔에 줄 테니 사라고 했다. 내가 시골을 떠돌아다니는 엉터리 그림쟁이도 아니고, 그런 것은 필요 없다고 했더니 이번에는 가잔(華山)인지 뭔지 하는 화가가 그렸다는 화조(花鳥) 족자를 가지고 왔다. 그러고는 마음대로 도코노마에 걸더니 걸작이지 않냐고 묻기에 그런가 하고 적당히 대답했더니 장황한 설명을 늘어놓는 것이다.

"두 사람의 가잔이 있는데 한 사람은 모(某) 가잔이고 다른 한 사람은 아무개 가잔인데, 이 족자는 아무개 가잔의 작품입니다."라며 쓸데없는 설명을 덧붙인 후, "어떻습니까, 선생님이라면 특별히 15엔에 드리겠습니다. 사시지요." 하는 게 아닌가. 돈이 없다고 거절했더니 "돈은 아무 때나 주셔도 됩니다."라며 끝까지 물고 늘어졌다. 그래서 나는 돈이 있어도 안 산다며 쫓아버렸다.

그다음에는 도깨비 무늬가 있는 기왓장만 한 벼루를 짊어지고 왔다.

"이건 단계연(중국 단계 지방에서 나는 명품 벼루)입니다. 단계연요."라고 두세 번이나 단계연이라고 강조하기에 재미 삼아 단계연이 뭐냐고 물었더니 기다렸다는 듯이 설명을 시작했다.

"단계연에는 상층, 중층, 하층이 있는데 지금까지 나온 것은 모두 상층입니다만, 이것은 분명 중층입니다. 이 눈(벼루 표면에 새겨진 눈 같은 둥근 모양을 가리킴)을 좀 보십시오. 눈이 세 개나 있는 것은 드뭅니다. 먹물도 색이 무척 곱게 나옵니다. 한번 시험해보세요."

영감은 그렇게 말하며 내 앞에 커다란 벼루를 들이댔다. 내가 얼마냐고 물으니 물건 주인이 중국에서 가지고 온 것이며, 꼭 팔고 싶다고 하니 싸게 30엔에 드리겠단다. 이 영감은 바보임이 틀림없다.

학교 근무는 어려움 없이 할 것 같은데 이렇게 계속 골동품 강매를 당한다면 이 하숙집에서는 오래 버틸 수가 없을 것 같다는 생각이 들었다.

5

　그러는 사이에 학교생활도 싫증이 났다. 어느 날 저녁, 오마치(大町)라는 동네를 산책하는데 우체국 옆에 '메밀국수'라고 써놓고 아래에 '도쿄식'이라고 토를 단 간판이 눈에 띄었다.

　나는 메밀국수를 아주 좋아한다. 도쿄에 있을 때도 메밀국수 가게 앞을 지나다가 양념 냄새라도 맡으면 결국 가게로 들어가곤 했다. 지금까지는 학교 수업과 그놈의 골동품 나부랭이 때문에 메밀국수를 잊고 있었는데 이렇게 간판을 보니 그냥 지나칠 수가 없었다. 지나는 길이니까 한 그릇 먹고 가려고 안으로 들어섰다. 그런데 가만히 살펴보니 간판과 다르다.

'도쿄식'이라는 이름을 내건 이상 조금 더 깨끗하게 꾸밀 만도 한데, 도쿄를 모르는지, 돈이 없는지 이루 말할 수 없이 지저분했다. 다다미는 색이 바랜 데다 모래가 있어 거칠거칠했다. 벽은 검게 그을려 있었다. 램프 불에 꺼멓게 그을린 천장은 너무 낮아서 고개를 숙여야 할 정도였다. 다만 메밀국수의 종류와 가격을 적어 붙인 차림표만이 완전히 새것이었다.

오래된 가게를 사서 2, 3일 전에 개업한 것이 틀림없다. 차림표 제일 처음에 '덴푸라'라고 적혀 있어서 "덴푸라 메밀국수 부탁합니다!" 하고 큰 소리로 주문했다. 그러자 그때까지 한쪽 구석에 앉아 뭔가 후루룩후루룩 먹던 세 사람이 일제히 내 쪽을 쳐다보았다.

가게가 어두워서 잘 몰랐는데 얼굴을 보니 모두 내가 근무하는 학교의 학생이었다. 학생들이 먼저 인사하기에 나도 인사했다. 오랜만에 먹는 메밀국수라 그런지 그날 저녁에 나는 덴푸라 메밀국수를 네 그릇이나 먹어 치웠다.

이튿날 아무 생각 없이 교실로 들어섰는데 커다란 글

씨로 칠판 가득히 '덴푸라 선생님'이라고 적혀 있었다. 내 얼굴을 보고 모두 "하하하!" 하고 웃었다. 나는 어이가 없어서 "덴푸라를 먹은 것이 뭐가 그리 우습니?" 하고 물었다. 그러자 한 학생이 말했다.

"아무리 그래도 네 그릇은 좀 심했지라우이."

네 그릇을 먹든 다섯 그릇을 먹든 내 돈으로 내가 먹는데 무슨 상관이냐는 식으로 무시하고 강의한 뒤 교무실로 돌아왔다.

10분 쉰 후 다음 교실로 들어가니 '한 번에 덴푸라 네 그릇. 단, 절대 웃지 말 것'이라고 칠판에 적혀 있었다.

아까는 별로 화가 나지 않았는데 이번에는 울컥 부아가 치밀어 올랐다. 농담도 도가 지나치면 안 된다.

촌뜨기들은 적당한 선에서 그만두는 법을 모르니 갈데까지 가는 것 같다. 한 시간만 걸으면 더는 볼 게 없는 좁은 동네에 살아서 별 흥미로운 일이 없다 보니 덴푸라 사건을 '러일전쟁'이라도 난 것마냥 떠들어대는 것이다. 참으로 가엾은 녀석들이다. 어린 시절부터 보고 배운 것이 제대로 없으니, 마치 분재 단풍나무처럼 삐딱하게 비뚝뚝 떨어진 아이들이 되는 것이다. 동기가 순수하다면야 함께 웃어도 되지만 이건 뭐란 말인가. 어린 주제에 별스럽게 독기를 품고 있다. 나는 묵묵히 덴푸라를 지우고 나서 말했다.

"너희들은 이런 장난이 재미있나? 비겁한 농담이다. 너희들은 비겁하다는 의미를 알고 있는가?"

그러자 한 녀석이 대답했다.

"본인이 한 일에 대해 웃었다고 화내는 것이 비겁한 것 아닐랑가요?"

얄미운 녀석이다. 멀리 도쿄에서 이런 녀석들을 가르치러 왔다고 생각하니 스스로가 한심스러워졌다.

"공연한 억지 부리지 말고 공부나 해."

이렇게 말한 후에 나는 수업을 시작했다. 그리고 다음 교실로 갔더니 이번에는 '덴푸라를 먹으면 공연한 억지를 부리고 싶어진다.'라고 적혀 있었다. 참 다루기 쉽지 않은 촌뜨기들이다. 너무 부아가 치밀어서 "너희같이 건방진 녀석들은 못 가르치겠다!"라고 호통친 후 성큼성큼 걸어서 교무실로 돌아갔다. 학생들은 공부를 안 한다고 오히려 좋아했다고 한다. 사정이 이렇게 되니 학교보다는 골동품 쪽이 그나마 낫다는 생각이 들었다.

덴푸라 국수 사건에 관한 일은 집에 돌아와서 하룻밤 자고 일어나니 그다지 화가 나지 않았다. 그 후 사흘 정도는 아무 일 없이 지나갔다. 나흘째 밤에 스미다(住田)라는 곳에 가서 경단을 먹었다. 스미다는 온천이 있는 마을로 내가 있는 곳에서 기차로 10분, 도보로 30분 걸린다. 그곳에는 음식점, 온천 여관, 공원, 유곽도 있다. 유곽으로 들어가는 입구에 있는 경단 가게가 맛 좋기로 소문이 자자해서 온천에 갔다가 돌아가는 길에 잠시 들렀다.

이번에는 학생을 만나지 않았기에 아무도 모르겠지 싶었다. 다음 날 학교에 가서 첫째 시간 수업에 들어가니 '경단 두 접시, 7전'이라고 적혀 있었다.

실제로 나는 두 접시를 먹고 7전을 냈다. 참으로 성가신 놈들이다. 둘째 시간에도 분명 뭔가 있으리라 예상했는데 과연 '유곽의 경단은 맛있다, 맛있어.'라고 적혀 있다. 기막힌 놈들이다.

경단 사건은 이걸로 끝났나 싶었는데 이번에는 '빨간

071

수건'이라는 것이 소문났다. 이건 또 무슨 소린가 했는데 알고 보니 참 시시한 것이었다.

나는 이곳에 오고 나서 매일 스미다의 온천에 다니고 있었다. 다른 곳은 어딜 봐도 도쿄의 발뒤꿈치에도 미치지 못하지만, 이 온천만은 훌륭했다. 모처럼 마음에 드는 곳을 발견한 만큼 매일 다니자는 생각으로 저녁 먹기 전에 운동 삼아 다니고 있었다.

온천에 갈 때 꼭 커다란 서양식 수건을 손에 들고 갔는데 이것이 화근이었다. 이 수건은 뜨거운 물에 젖으면 빨간 줄무늬 때문에 언뜻 보면 전체가 붉은색으로 보인다. 나는 이 수건을 온천에 갈 때도 집에 돌아올 때도 기차에 탈 때도 길을 걸을 때도 항상 손에 들고 다녔다. 그래서 학생들이 나를 '빨간 수건'이라고 부른다는 것이다. 아무래도 좁은 동네에 살면 하루도 조용한 날이 없나 보다.

그것으로 끝이 아니었다. 또 있다. 온천은 새로 지은 3층 건물로 고급 탕은 유카타도 빌려주고 때도 밀어주는데 8전이다. 게다가 여자 종업원이 차까지 날라 준다. 나는 늘 고급 탕에 들어갔다. 그러자 월급을 40엔 받으면서 매일 고급 탕에 들어가는 것은 사치라고들 했다. 참 쓸데없는 참견을 다 한다.

또 있다. 욕조는 화강암을 쌓아 만들었는데 크기가 다다미 열다섯 장 정도다. 대부분은 열서너 명이 몸을 담그고 있는데 가끔 아무도 없을 때가 있다. 물 깊이가 일어서면 가슴 정도까지 오기 때문에 운동 삼아 탕 속에서 헤엄을 치기도 했다. 그때의 상쾌함은 이루 말할 수 없다. 나는 사람이 없는 것을 확인하고 탕 속에서 헤엄을 치며 즐거운 시간을 보냈다.

어느 날 기세 좋게 3층에서 내려와 오늘도 수영할 수 있을까 싶어 탕 안을 들여다보았다. 그랬더니 커다랗게 검은 글씨로 '탕 속에서 헤엄치지 말 것'이라고 적혀 있었다. 탕 속에서 헤엄치는 사람은 아마도 나밖에 없을 것이니 그것은 나를 위해 특별히 만들어놓은 것이나 다름없었다. 나는 그 뒤부터 헤엄치는 것을 단념했다. 그러나 학생들이 그냥 넘어갈 리 만무했다. 헤엄치는 것은 단념했지만 학교에 나가보니 칠판에 '탕 속에서 헤엄치지 말 것'이라고 적혀 있어서 놀라지 않을 수 없었다.

모든 학생이 나의 일거수일투족을 감시하고 있는 것처럼 느껴졌다. 기분이 우울해졌다. 학생들이 무슨 말을 하든 하려고 한 일을 그만둘 내가 아니지만 어쩌다 이렇게 숨이 턱턱 막히는 콧구멍만 한 동네에 오게 됐나 싶어 한탄스러웠다.

게다가 집으로 돌아오면 주인 영감이 또 어김없이 그 골동품 공세로 내 숨통을 더욱 조이는 것이었다.

3편

못 말리는 학생들

1

학교에는 선생들이 번갈아가며 밤에 남아 학교를 지키
는 숙직 제도가 있었다. 단, 교장인 너구리와 교감인 빨간
셔츠는 예외다. 어째서 이 두 사람은 당연한 의무에서 제
외됐는지 물어보았더니 주임 대우란다. 너무한 것 아닌
가. 월급은 많이 받고 일하는 시간은 적다. 게다가 숙직까
지 안 한다니 불공평하기 짝이 없다. 자기 좋을 대로 규칙
을 만들어놓고 그것이 당연하다는 듯한 얼굴을 하고 있
다. 보통 뻔뻔스러운 것이 아니다.

이에 대해 참으로 불만이었지만 멧돼지의 말로는 아무
리 혼자서 불평을 늘어놓아 봤자 통하지 않는다는 것이

다. 혼자든 둘이든 옳은 일이라면 통할 것도 같은데 말이다. 멧돼지는 'might is right'라는 영어 문구를 인용하여 내게 설명했다. 내가 도무지 이해하지 못해 되물으니 '강자의 권리'라는 뜻이란다. 강자의 권리 따위라면 예전부터 알고 있다. 지금에 와서 멧돼지의 설명을 듣지 않아도 된다. 강자의 권리와 숙직은 별개의 문제다. 너구리와 빨간 셔츠가 강자라고 누가 인정한단 말인가. 말도 안 되는 소리다.

아무튼 논쟁은 논쟁이고 드디어 내가 숙직할 차례가 되었다. 나는 좀 예민한 편이어서 베개, 이불 등 침구류가 내 것이 아니면 잠을 자도 개운하지 않다. 어린 시절부터 친구 집에서 잔 적이 거의 없을 정도다. 친구 집도 싫은데 학교에서의 숙직은 말할 것도 없다. 싫지만 이 또한 40엔 속에 포함된 일이라면 할 수 없다. 참고 임하는 수밖에.

교사도 학생도 모두 가버린 뒤 혼자 멍하니 있는 것도 참 한심한 짓이다. 숙직실은 교실 뒤에 있는 기숙사 서쪽 끝에 있는 방이었다. 잠깐 들어가봤는데 정면으로 비치는 석양 때문에 더워서 앉아 있을 수가 없었다. 시골이라 그런지 가을이 되었는데도 여전히 더웠다. 저녁은 학생들이 먹는 기숙사 밥으로 때웠는데 보통 맛이 없는 것이 아니었다. 이런 걸 잘도 먹고 잘도 까부는구나. 저녁밥을 4시 반쯤 먹고 서둘러 정리해버렸으니 대범하긴 했다.

저녁밥은 먹었지만, 아직 날이 밝아 잠을 청할 수도 없었다. 온천 생각이 났다. 숙직 중에 외출해도 좋은지는 알 수 없었지만 이렇게 멍하니 앉아 있자니 감옥에 갇힌 죄수가 된 것 같아 견딜 수가 없었다.

처음 학교에 온 날, 당직 선생님은 어디 있냐는 내 물음에 사환이 잠깐 외출했다고 답했을 때 이상하다고 생각했는데 내가 당직을 서고 보니 알겠다. 나가는 게 맞다. 외출을 안 하는 게 오히려 이상하다.

사환에게 잠시 나갔다 오겠다고 했더니 "무슨 볼일이라도 있으세요?"라고 묻는다. 나는 별다른 용무가 있는 것이 아니라 온천에 다녀오겠다고 대답하고는 재빨리 나왔다. 빨간 수건을 하숙집에 놓고 온 것이 유감이라면 유감이었다. 오늘만은 온천에서 빌리기로 했다.

온천에서 꽤 느긋하게 몸을 풀고 탕에 들어갔다 나왔

다 하다 보니 겨우 해가 지기 시작했다. 나는 기차를 타고 고마치 정류장까지 와서 내렸다. 여기서 학교까지의 거리는 약 450미터다. 천천히 걷고 있는데 앞에서 너구리가 걸어오는 것이 아닌가. 너구리는 내가 내린 기차를 타고 온천에 갈 참인 것 같았다. 그는 종종걸음으로 걸어오다가 스쳐 지날 때쯤 내 얼굴을 알아보고는 아는 척을 했다.

"선생은 오늘 숙직이 아니시오?"

너구리가 내게 능청스럽게 물었다. 그래서 나는 그렇다고 대답했다. '숙직이 아니시오?'라니 약 두 시간 전에 나에게 "오늘은 첫 숙직이군. 수고하게."라고 말하지 않았던가. 교장이 되면 으레 그렇게 알면서도 모르는 척, 이상한 말투가 되는가 보다. 나는 화가 나서 이렇게 말했다.

"네, 숙직입니다. 그래서 지금부터 돌아가 분명히 숙직을 설 테니 걱정일랑 붙들어 매십시오."

나는 이렇게 내뱉고는 아무 일도 없는 듯 유유히 자리를 떴다. 다테마치 사거리쯤에 오니 이번에는 멧돼지와 마주쳤다. 참으로 좁은 동네다. 나와서 걷기만 하면 반드시 누군가와 만난다.

"아니, 자네는 오늘 숙직 아닌가?"

멧돼지가 말을 걸어왔다. 나는 또 그렇다고 대답했다.

"숙직이 이렇게 나와서 돌아다니면 문제가 되네."

"문제랄 게 뭐 있나요."

나의 사뭇 당당한 대꾸에 멧돼지는 말을 이었다.

"자네의 게으름도 문제지만 교장이나 교감을 만나면 귀찮아지네."

"교장은 지금 막 만났어요. 더울 때는 산책이라도 하지 않으면 숙직하기도 힘들 거라며 격려해주던걸요."

나는 공연히 큰소리를 치고는 또다시 누군가를 만날까 두려워 서둘러 학교로 돌아왔다.

2

얼마 후에 해가 졌다. 해가 지고 나서 사환을 숙직실로 불러 두 시간 정도 이야기를 나누었다. 하지만 그것도 싫증이 나서 졸리지는 않았지만 잠자리에 들려고 잠옷으로 갈아입고 모기장을 쳤다. 그리고 빨간 담요를 젖히고는 엉덩방아를 쿵 하고 찧으며 뒤로 벌렁 누웠다. 내가 누울 때 쿵 소리를 내며 엉덩방아를 찧는 것은 어린 시절부터의 버릇이다.

오가와초의 하숙집에 있을 무렵, 아래층에 살던 법률학교 학생이 나쁜 버릇이 있다며 내게 불만을 호소한 적이 있다. 약골인 주제에 입만 살아서 내 버릇을 두고 일장

설교를 늘어놓았다. 내가 잘 때 쿵 소리를 내는 것은 내 엉덩이 탓이 아니라 부실하게 지어진 하숙집 탓이니 불만을 호소하려거든 하숙집에 하라고 되받아쳐 아무 소리도 못 하게 했다.

이 숙직실은 2층이 아니어서 아무리 쿵 하고 벌러덩 누워도 상관없다. 기세 좋게 눕지 않으면 자도 잔 것 같지 않다.

'아, 기분 좋구나.' 하며 다리를 쭉 펴는데 뭔가가 양다리로 달려들었다. 꺼슬꺼슬한 것이 벼룩은 아니어서 소스라치게 놀라 이불 속에서 다리를 두세 번 흔들었다.

그랬더니 꺼슬꺼슬한 것이 갑자기 늘어나 정강이에 대여섯 마리, 허벅지에 두세 마리, 엉덩이 밑에서 물컹 터진 것이 한 마리, 배꼽까지 기어 올라온 것이 한 마리 등 정말 기겁하지 않을 수 없었다.

벌떡 일어나 이불을 뒤쪽으로 확 젖히자 이불 속에서 족히 50~60마리는 되는 메뚜기들이 튀어나왔다. 정체를 몰랐을 때는 기분이 조금 나쁜 정도였지만 메뚜기라는 것을 알고 나니 갑자기 부아가 치밀었다.

"이놈의 메뚜기가 사람을 놀라게 하다니, 어디 혼 좀 나 봐라!"

나는 곧장 베개를 집어 들고 두세 번 휘둘렀다. 그러나 상대가 너무 작은 메뚜기여서 기세 좋게 내리쳐대봤자 효과가 없었다. 할 수 없이 대청소할 때 돗자리를 둘둘 말아 다다미를 내리치듯이 이불 위에 앉아 다시 주변을 정신없이 내리쳤다.

메뚜기들은 놀랐는지 베개와 함께 뛰어올라 나의 어깨, 머리, 콧등에 달라붙거나 부딪히거나 했다. 얼굴에 붙은 놈은 베개로 내리칠 수도 없는 노릇이어서 손으로 잡아 힘껏 내동댕이쳤다. 분하게도 아무리 힘을 다해 내쳐도 부딪힌 곳이 모기장이어서 별 소득이 없었다. 메뚜기는 내던져진 채 모기장에 갇힌 신세가 되었다. 죽기는커녕 멀쩡해 보였다. 30분 만에 가까스로 메뚜기를 퇴치하고 빗자루를 가져와 메뚜기 사체를 쓸어냈다.

사환이 와서 무슨 일이냐고 묻기에 "무슨 일이냐고? 메뚜기를 이불 속에서 키우다니, 얼빠진 놈!" 하고 꾸짖었더니 "저는 모르는 일입니다."라고 변명했다. "네가 모르는 일이라고 해서 끝날 일이 아니야!" 하고 빗자루를 툇마루에 내던졌더니 사환은 조심조심 그것을 어깨에 메고 돌아갔다.

나는 즉시 기숙생 세 명 정도를 대표로 불렀다. 그러자 여섯 놈이 왔다. 여섯 명이든 열 명이든 상관없었다. 나는 잠옷을 입은 채 소매를 걷어붙이고 강력히 말했다.

"어째서 메뚜기를 내 이불 속에 넣었나?"

"메뚜기가 뭐래유?"

제일 앞에 있던 한 녀석이 되물었다. 꽤 침착한 말투였다. 이 학교는 교장뿐만 아니라 학생들까지도 삐딱하고 능글맞은 것 같다.

"메뚜기를 모른단 말이냐. 그럼 내가 보여주지."

큰소리를 치고 보니 공교롭게도 전부 쓸어버려서 한 마리도 없었다. 다시 사환을 불러서 치워버린 메뚜기를 가져오라고 했다.

"이미 쓰레기장에 버렸는데 다시 주워올까요?"

어서 주워오라고 하자 사환은 얼른 뛰어나가더니 잠시 후 얇은 종이 위에 메뚜기 열 마리 정도를 얹어 가지고 왔다.

"안타깝게도 밤이어서 이것밖에는 못 주워 담았어요. 날이 밝으면 더 주워올게요."

이 학교는 사환까지 바보다. 나는 메뚜기 한 마리를 학생들에게 들어 보이며 말했다.

"이것이 메뚜기다. 덩치는 커다래 가지고 메뚜기를 모른다니 말이나 되나?"

그러자 제일 왼쪽에 있던 얼굴이 둥그런 녀석이 건방지게 선생한테 대든다.

"아따, 그건 방아깨비라는 건디유."

"멍청한 놈, 메뚜기나 방아깨비나 그게 그거지 뭐야. 그보다 선생님 앞에서 말버릇이 그게 뭐냐. 여하튼 메뚜기든 방아깨비든 어째서 내 이불 속에 넣었나? 내가 언제 메뚜기를 넣어 달라고 했나?"

"아무도 안 넣었당께요."

"넣지도 않은 것이 어째서 이불 속에 있단 말이냐?"

"방아깨비는 따신 데를 좋아한당께요. 그랑께 지들이 혼자서 찾아 들어갔을런지도 모르쥬."

"바보 같은 소리. 메뚜기들이 혼자서 찾아 들어가다니

그게 말이 되는 소리야? 자, 어째서 이런 장난을 쳤는지 말해."

"말하라고 하셔도 넣지 않은 것을 어떻게 넣었다고 설명하지라우."

정말 비겁한 놈들이다. 자기가 한 일을 했다고 인정 못할 정도라면 애당초 시작하질 말아야지. 증거가 없다며 시치미를 뗄 생각으로 뻔뻔하게 버티고 있다.

나도 중학생 때는 장난을 많이 쳤다. 그러나 누가 그랬냐고 물었을 때 꽁무니를 빼는 비겁한 짓은 단 한 번도 하지 않았다. 한 것은 한 것이고 하지 않은 것은 하지 않은 것이다. 나는 아무리 장난을 쳐도 당당했다. 거짓말을 해서 벌을 피할 속셈이라면 애초에 무엇 때문에 장난을 친단 말인가. 장난과 벌은 붙어 다니는 것이다. 벌이 있기에 장난도 기분 좋게 칠 수 있는 것이다. 장난만 치고 벌은 피하려는 것은 야비한 근성이다. 돈은 빌리지만 갚지 않는 일은 전부 이런 놈들이 졸업해서 하는 짓이 틀림없다.

대체 중학교에 뭘 하러 왔단 말인가. 학교에 들어와 거짓말하고 속이고 뒤에서 은밀하게 못된 장난이나 치다가 졸업하면 교육받았다고 착각할 것이다. 말도 안 되는 이야기다.

나는 이런 썩어빠진 녀석들과 이야기하는 것이 불쾌해졌다. 그래서 "더는 묻지 않겠다. 중학교에 들어와서 품위가 있는 것과 없는 것도 구별하지 못하다니 안타까운 일이군."이라고 말한 뒤 여섯 녀석을 놓아주었다.

내 말투나 행동은 그다지 기품 있는 편은 아니었지만 마음만은 이 녀석들보다 훨씬 품위가 있다고 생각했다. 여섯 녀석은 유유히 돌아갔다. 아무튼 나는 이런 놈들을 당해낼 재간이 없다.

3

다시 잠을 자려고 이부자리에 누웠더니 조금 전의 소
동으로 모기장 속에서 앵앵거리는 소리가 났다. 촛불을
켜고 한 마리씩 태워 죽이는 것도 귀찮았기 때문에 모기
장 끈을 풀고 길게 접어 방 안에서 좌우 열십자로 털다가
손잡이에 손등을 세게 맞았다.

다시 이부자리에 누웠을 때는 어느 정도 마음이 가라
앉았지만 좀처럼 잠이 오지 않았다. 시계를 보니 밤 10시
반이었다. 곱씹을수록 여간 골치 아픈 곳에 온 것이 아니
라는 생각만 들었다. 중학교 선생은 어디를 가나 이런 아
이들을 상대로 이런 험한 꼴을 당한대서야 참으로 딱한

직업이 아닐 수 없다. 그런데도 교사가 줄어들지 않고 계속 나오는 것을 보면 인내심이 강한 벽창호가 꽤 많은가 보다. 나는 그 점에서 아무래도 자격 미달인 것 같다.

그걸 생각하면 기요 할멈은 존경스럽다. 교육도 받지 않았고 내세울 신분도 없는 할멈이지만 인간으로서 대단히 존귀하다. 지금까지 그렇게 신세를 졌으면서 그다지 고맙다고 생각하지 않았는데 이렇게 혼자 먼 곳에 오고 나서야 비로소 그 친절함을 깨달았다. 에치고의 조릿대 잎으로 싼 사탕이 먹고 싶으면 일부러 에치코까지 가서 사다 줄 가치가 충분하다. 기요 할멈은 내가 욕심이 없고 정직하다고 칭찬했지만 칭찬받는 나보다도 칭찬하는 기요 할멈이 더 훌륭한 인간이다. 왠지 기요 할멈을 만나고 싶어졌다.

기요 할멈을 생각하면서 몸을 구부렸다 폈다 하고 있는데 갑자기 내 머리 위에서 30~40명의 인원이 2층이 무너지도록 쿵쿵 박자를 맞추며 마룻바닥을 발로 구르는 소리가 들렸다. 동시에 그 소리 못지않은 커다란 함성이 일었다.

나는 무슨 일이 났나 싶어 놀라 벌떡 일어났다. 그 순간

'아하, 조금 전의 앙갚음을 하려는 것이로군.' 하고 깨달았다.

자신이 한 나쁜 짓은 자신의 잘못을 인정하기 전에는 그 죄가 사라지지 않는 법이다. 기억은 녀석들에게도 있을 것이다. 제대로 된 녀석들이라면 잘못을 뉘우치고 이튿날 아침에라도 사과하러 오는 것이 옳다. 아니, 사과까지는 아니더라도 미안한 마음으로 조용히 자고 있어야 옳다. 그런데 이 소동은 뭔가? 기숙사에서 돼지를 키우는 것도 아니고, 미치광이 같은 짓도 작작 좀 했으면 좋겠다.

나는 어떤 상황인지 지켜볼 심산으로 잠옷을 입은 채로 숙직실을 박차고 나갔고 세 걸음 반 만에 계단을 뛰어올라가 2층까지 갔다. 그런데 신기하게도 지금까지 머리 위에서 쿵쾅쿵쾅 날뛰던 소리가 갑자기 조용해지더니 사람 소리는커녕 발소리도 들리지 않았다. 참으로 기묘한 일이었다.

램프는 이미 꺼져 있었기 때문에 사방이 어두워 어디에 뭐가 있는지 분간이 되지 않았다. 하지만 인기척이 있고 없고는 분위기로도 알 수 있다. 동쪽에서 서쪽으로 길게 이어진 복도에는 쥐새끼 한 마리 숨어 있지 않았다. 복도

091

끝 쪽에 달빛이 비쳐 그쪽이 유난히 밝다. 뭔가 이상하다.

나는 어린 시절부터 자주 꿈을 꾸는 버릇이 있어서 자다가 벌떡 일어나 잠꼬대를 하여 사람들의 놀림을 받곤 했다. 열일고여덟 살 때 다이아몬드를 주운 꿈을 꾼 밤엔 벌떡 일어나서 옆에 있던 형에게 "여기 있던 다이아몬드 어떻게 했어?"라고 기세 좋게 물었을 정도였다. 그때는 사흘 정도 집안의 웃음거리가 되어 난처했다.

어쩌면 지금도 꿈인지 모른다. 그러나 '분명히 소란스러웠는데⋯⋯.' 하며 계단 중간쯤에서 생각에 잠겨 있자니 달빛이 비치는 건너편 복도 끝에서 30~40명이 일제히 "하나, 둘, 셋, 와!" 하고 조금 전처럼 마룻바닥을 구르는 소리가 들렸다. 역시 꿈이 아니라 현실이었다.

"조용히 해라. 한밤중이다!"

나도 그에 지지 않으려고 못지않게 큰소리로 호통치며 복도 끝을 향해 달렸다. 지나치는 복도 중간은 어두웠다. 나는 오직 복도 끝에 비치는 달빛을 향해 달렸다.

몇 걸음 달렸을까, 복도 중간에서 뭔가 크고 딱딱한 것에 정강이를 부딪쳤고, 아프다고 느끼기도 전에 앞으로 털썩 꼬꾸라졌다.

"이 빌어먹을 놈들!"

나는 분개하며 일어났지만 더는 달릴 수 없었다. 마음은 급한데 발이 말을 듣지 않았다. 속이 타서 한쪽 다리로 껑충껑충 뛰어갔더니 이미 발소리도 사람 소리도 딱 그치고 조용할 뿐이었다. 아무리 사람이 비겁하다고 하지만 이렇게 비겁할 수가 있나. 그야말로 돼지 같은 놈들이다.

이왕 이렇게 되었으니 숨어 있는 녀석들을 끌어내서 용서를 빌 때까지는 물러가지 않겠다고 마음먹었다. 그런데 안을 살피려고 침실 문을 돌렸는데 열리지 않았다. 자물쇠로 잠가 놓았는지, 책상 같은 것을 기대어 세워 놓았는지 아무리 밀어도 꿈쩍하지 않았다.

이번에는 맞은편 북쪽 방문을 열어보았다. 설마 했는데 역시 열리지 않았다. 내가 안에 있는 녀석들을 잡으려고 문손잡이를 잡은 채 안달하고 있는데 다시 동쪽 끝에서 함성과 발 구르는 소리가 들렸다.

'이놈들이 서로 짜고 양방향에서 나를 놀릴 셈이로구나.'라고 생각했지만 어찌해야 좋을지 몰랐다. 솔직하게 고백하면 나는 용기만 가득하고 지혜가 부족하다. 이럴 때는 어떻게 하면 좋을지 모르겠다. 묘안은 없지만 결코 질 생각은 없다. 이대로 물러선다면 내 체면이 말이 아니게 된다.

도쿄 토박이가 기개가 없다는 소리를 들어서는 곤란하다. 숙직하다가 코흘리개 녀석들에게 놀림을 당하고도 어떻게 해야 할지 몰라 울며 겨자 먹기로 물러났다고 소문이 나면 평생의 수치가 된다.

내가 이래 봬도 하타모토(에도 시대의 장군 직속의 무사)의 후예다. 하타모토의 시조는 세이와겐지(세이와 천황을 시조로 겐지(源氏) 성을 가진 씨족)이고 다다노 만주(多田滿仲)의 후예다. 이런 촌구석에서 흙이나 파먹는 농사꾼들과는 근본부터가 다르다. 다만 지금 상황에서 어찌해야 할지 대책이 금방 떠오르지 않을 뿐이다. 대책이 안 선다고 해서 결코 진다는 것은 아니다. 정직하다 보니 어찌하면 좋을지 모르겠다고 말하는 것뿐이다. 이 세상에서 결국 정의가 승리를 거두게 되어 있음을 모두가 알아주었으면 좋겠다.

오늘 밤 안에 이기지 못하면 내일 이기면 된다. 내일 이기지 못하면 모레 이기면 된다. 모레 이기지 못하면 하숙집에서 도시락을 가져오게 해서라도 이길 때까지 여기에 있을 것이다.

그렇게 결심한 나는 복도 한가운데에 책상다리하고 앉아 날이 밝기를 기다렸다. 모기가 윙윙거렸지만 개의치 않았다. 조금 전에 부딪힌 정강이를 쓰다듬어보니 뭔가 끈적거리는 것이 만져졌다. 피가 흐르는 것이리라. 피 따위 아무것도 아니다. 그러는 사이에 조금 전부터 쌓인 피로가 몰려와 그만 꾸벅꾸벅 졸고 말았다.

주변이 소란스러워 눈을 다 뜨기도 전에 "이런, 젠장." 하며 벌떡 일어났다. 내가 앉아 있던 오른쪽 방문이 반쯤 열려 있고 학생 두 명이 내 앞에 서 있었다. 정신을 차리고 앞에 있는 학생의 다리를 힘껏 잡은 다음 있는 힘을 다해 잡아당겼다. 녀석은 뒤로 벌러덩 자빠졌다.

"꼴좋다!"

당황해하는 나머지 한 명에게 달려들어 어깨를 잡아 두세 번 흔들었더니 얼이 빠진 듯이 눈만 깜박거렸다.

"자, 내 방으로 따라와!"

내가 소리를 지르자 두 녀석은 겁먹은 얼굴로 말없이 따라왔다. 날은 벌써 밝아 있었다.

나는 숙직실로 끌고 온 녀석들을 문초하기 시작했다. 그런데 돼지는 발로 차도 두들겨 패도 돼지인 것처럼 오직 "모르는 일인디유."라는 말로 일관하며 딱 잡아뗐다.

그러는 사이에 한 녀석이 오고 두 녀석이 오더니 점점 많은 학생이 2층에서 숙직실로 모여들었다. 하나같이 눈꺼풀이 부어 졸려 보였다. 치사한 놈들이다. 하룻밤 정도 자지 않았다고 그런 얼굴을 하다니, 남자답지 못하다. "세수라도 하고 다시 이야기하자."라고 했지만 아무도 세수하러 가지 않았다.

50여 명을 상대로 한 시간 정도 입씨름하고 있는데 느닷없이 너구리가 나타났다. 나중에 알고 보니, 사환이 학교에 소동이 일어났다고 일부러 알렸던 것이다.

'못난 놈 같으니라고, 이 정도의 일로 교장을 부르다니 소심해도 너무 소심하다. 그러니 중학교 사환이나 하고 있지!' 하고 나는 속으로 중얼거렸다.

나는 교장에게 상황을 대강 설명했다. 교장은 학생들의 변명도 잠깐 들어주었다.

"나중에 처분이 내릴 때까지는 평소처럼 학교에 나와라. 빨리 세수하고 아침 식사를 하지 않으면 지각하니 빨리빨리 움직여."

교장은 기숙생 전원을 놓아주었다. 너무 관대한 조치다. 나라면 그 자리에서 학생 모두에게 퇴학 처분을 내렸을 것이다. 이렇게 미적지근하게 구니 학생들이 교사를 우습게 아는 것이다. 게다가 나에게 "선생도 밤새 시달려 피곤할 테니 오늘은 수업하지 않아도 좋소."라고 하기에 이렇게 대답했다.

"아닙니다. 조금도 피곤하지 않습니다. 이런 일이 매일 밤 계속된다 해도 목숨이 붙어 있는 한 상관없습니다. 수업은 하겠습니다. 하룻밤 못 잤다고 수업을 할 수 없을 정도라면 받은 월급 중에서 그만큼을 학교에 반납해야 하지 않겠습니까."

교장은 무슨 생각을 하는지 한동안 내 얼굴을 바라보고 있더니 이렇게 말했다.

"그렇지만 얼굴이 상당히 부어 있소."

그러고 보니 어쩐지 얼굴이 다소 무거운 느낌이 들었다. 게다가 얼굴 전면이 가렵다. 모기에게 어지간히 뜯겼나 보다. 나는 얼굴을 벅벅 긁으면서 말했다.

"얼굴이 아무리 부었어도 말은 할 수 있으니 수업하는 데는 지장이 없을 것입니다."

내가 이렇게 대답하자 교장은 웃으며 "정말 대단하시군요." 하고 칭찬했다. 그건 아마 칭찬한 것이 아니라 빈정거린 것이겠지.

4

"자네, 낚시하러 가지 않겠나?"

빨간 셔츠가 어느 날 나에게 물었다. 빨간 셔츠는 기분 나쁠 정도로 간드러진 목소리를 내는 남자다. 남자인지 여자인지 구별이 되지 않을 정도다. 적어도 남자라면 남자다운 목소리를 내야 한다. 게다가 대학 출신이 아닌가. 물리 학교 출신인 나조차도 남자답게 말하는데 문학사가 그래서야 쓰나. 영 꼴불견이다.

"글쎄요."

나는 별로 내키지 않는다는 듯이 대답했다. 그러자 빨간 셔츠는 이렇게 물었다.

"낚시를 해본 적은 있는가?"

여간 무례한 질문이 아니다.

"그다지 많지는 않지만, 어린 시절 고메에 있는 유료 낚시터에서 붕어를 세 마리 낚은 적이 있고, 그 후에 가구라자카에 있는 비샤몬(사천왕 중 하나로 북방을 지키는 수호신)을 참배하는 날에 25센티미터 정도 되는 잉어의 입질을 느껴 '옳거니!' 하고 잡아당기려는 순간 첨벙 하고 떨어져 그만 놓치고 말았던 적은 있습니다."

내가 말을 마치자 빨간 셔츠는 턱을 앞으로 내밀고는 호호호 하고 웃었다. 뭐가 그렇게 우스운지 모르겠지만 웃음소리까지 유별나다.

"그렇다면 아직 낚시의 맛을 모른다는 말이군. 원하면 한 수 가르쳐주겠네."

이번에는 꽤 잘난 척까지 한다.

'누가 자기한테 배우기나 한대? 도대체 낚시나 사냥을 하는 족속들은 모두 인정머리가 없는 사람들뿐이라니까. 비정하지 않으면 살아있는 생명을 죽이고 즐거워할 리가 없지. 물고기든 새든 죽는 것보다는 살아있는 편이 좋지 않은가 말이다. 낚시나 사냥을 하지 않으면 생활이 안 되는 사람들은 제외하고, 뭐 하나 부족한 것 없이 지내면서 살아있는 것을 죽이지 않고는 견디지 못하는 사람들은 배부른 소리 하는 거다.'

나는 속으로만 생각할 뿐, 그 생각을 내뱉지는 않았다. 상대가 문학사인 만큼 언변에 능하기에 논쟁을 시작했다가는 당할 재간이 없기 때문이다. 그러자 이 양반이 남의 속도 모르고 마치 자기가 이긴 줄 착각하는 듯했다.

"바로 전수해줄 테니 시간 괜찮으면 오늘 어떤가? 단둘이 가면 적적할 테니 요시카와(吉川) 군과 함께 오시게." 라며 자꾸만 나를 재촉했다.

요시카와 군이란 아첨꾼 미술 선생을 말하는 것이다. 이 아첨꾼은 무슨 생각에선지 빨간 셔츠의 집을 아침, 저녁으로 드나들고 어디든지 함께 간다. 동등한 관계가 아니라 마치 상전과 종처럼 보인다.

빨간 셔츠가 가는 곳이라면 아첨꾼은 꼭 따라가니 새삼 놀랄 일도 아니지만 두 사람만 가면 될 텐데 어째서 무뚝뚝한 나를 데려가려는 것일까? 필시 교만한 낚시꾼이라 자신이 고기 낚는 모습을 나에게 자랑할 셈으로 권하는 것이 틀림없다.

하지만 그런 자랑을 받아줄 내가 아니다. 참치를 두세 마리 낚는다고 해도 꿈쩍하지 않을 것이다. 나 역시 인간이다. 아무리 서툴다 해도 낚싯줄만 늘어뜨리고 있으면 뭔가 걸릴 것이다.

여기서 내가 가지 않겠다고 하면 빨간 셔츠는 낚시가 서툴러서, 혹은 싫어서 안 가는 것이라고 지레짐작할 것이다. 결국 나는 그러한 생각 때문에 그의 권유를 받아들이기로 했다.

퇴근하고 하숙집으로 돌아가 준비한 후 기차역에서 빨간 셔츠와 아첨꾼을 만나 바닷가로 갔다. 뱃사공 한 명이 모는 배는 좁고 길쭉했는데 도쿄 근처에서는 한 번도 본 적이 없는 모양이었다. 그런데 조금 전부터 배 안을 아무리 둘러봐도 낚싯대가 하나도 보이지 않았다. 낚싯대 없이 어떻게 낚시를 할 작정이지? 어쩔 셈인지 아첨꾼에게 물어보았다. 그랬더니 "바다낚시는 낚싯대가 필요 없어요. 낚싯줄만으로 합니다."라고 턱을 쓰다듬으며 전문가라도 된 것처럼 말했다. 이렇게 잘난 척할 줄 알았으면 잠자코 있을 걸 그랬다.

뱃사공은 힘도 들이지 않고 천천히 노를 젓고 있었는데, 숙련자의 내공인지 어느새 바닷가가 작아 보일 정도로 멀리 나와 있었다. 고하쿠지 절의 5층탑이 숲 위에 바늘처럼 삐죽이 나와 있었고 앞쪽을 보니 푸른 섬이 떠 있었다. 사람이 살지 않는 섬이라고 했다. 자세히 보니 돌과 소나무뿐이다. 돌과 소나무뿐이라면 사람이 살 수 없을 것이다.

빨간 셔츠는 끊임없이 주위를 둘러보며 "경치가 좋아."라고 감탄했다. 아첨꾼은 "정말 아름다운 경치입니다."라며 맞장구를 쳤다. 절경인지 뭔지는 모르겠지만 기분이 상쾌한 것만은 사실이었다. 넓게 탁 트인 바다 위에서 바닷바람을 맞으니 기분이 좋았다.

괜스레 배가 고팠다.

"저 소나무를 보게. 줄기가 곧고 윗부분이 우산 모양으로 펼쳐진 것이 터너(영국의 화가로 특히 풍경을 그린 수채화가 유명함)의 그림 같군."

빨간 셔츠가 말하자 아첨꾼이 "그야말로 터너군요. 저렇게 굴곡진 것이 터너랑 똑같네요." 하고 득의만만하게 말했다. 터너가 뭔지는 모르겠지만, 꼭 알 필요는 없을 듯해 가만있었다.

배가 섬을 끼고 오른쪽으로 돌았다. 물결은 조금도 일지 않았다. 바다라고 느껴지지 않을 정도로 잔잔했다. 빨간 셔츠 덕분에 이렇게 유쾌할 수도 있다니, 가능하면 섬 위로 올라가보고 싶었다.

"저 바위가 있는 곳에 배를 댈 수 있나요?"

"댈 수는 있지만 바위 쪽은 낚시하기에는 그다지 좋지 않아요."

빨간 셔츠가 반대했기에 나는 아무 말도 하지 않았다. 그러자 아첨꾼이 "어때요? 교감 선생님, 지금부터 저 섬을 터너 섬이라고 부르는 것은?" 하며 쓸데없는 제안을 했다.

그런데 빨간 셔츠가 "그것참 재미있는 생각이군. 우리 이제부터 그렇게 부릅시다." 하고 찬성했다. '우리'에 나도 껴 있다면 정말 불쾌할 것 같다. 나는 그저 푸른 섬으로 충분하니까.

"저 바위 위에 라파엘로(이탈리아 화가)의 마돈나(성모 마리아)를 세워 놓으면 어떨까요? 멋진 그림이 될 거예요."

아첨꾼이 말했다.

"마돈나 얘기는 그만두게. 호호호."

빨간 셔츠가 귀에 거슬리는 소리를 내며 웃었다.

"어떻습니까? 아무도 없으니 괜찮습니다."

아첨꾼이 잠깐 내 쪽을 보더니, 외면하고 싱글싱글 웃었다.

나는 왠지 기분이 나빴다. 마돈나든 서방님이든 내가 상관할 바 아니니 마음대로 말해도 되는데, 내가 모르는 말을 하면서 어차피 들어도 모르니까 상관없다는 태도는 품위 없는 짓이다. 그러면서 본인은 "나도 도쿄 토박이입니다." 따위의 말을 한다.

마돈나라는 것은 빨간 셔츠의 단골 게이샤 별명이거나 그 비슷한 것임이 틀림없다. 단골 기생을 무인도의 소나무 아래 세워두고 바라본다니 어이가 없다. 그걸 아첨꾼이 유화로 그려 전람회에 출품하면 또 모를까. 이쯤이 좋겠다며 뱃사공이 배를 멈추고 닻을 내렸다. 수심이 얼마나 되겠느냐고 빨간 셔츠가 묻자 사공이 여섯 길 정도라고 했다.

"여섯 길 정도면 도미는 어렵겠는걸."

빨간 셔츠는 그렇게 말하면서 낚싯줄을 바다에 던졌다. 도미를 낚을 심산인가 보았다.

"별말씀을, 교감 선생님 정도의 실력이라면 충분히 잡으실 수 있을 겁니다. 게다가 바다가 잔잔하지 않습니까."

아첨꾼이 비위를 맞추면서 자기도 줄을 풀어서 바다로 던졌다. 낚싯대 줄 끝에는 납으로 된 추가 매달려 있을 뿐 찌가 없었다. 찌 없이 낚시하는 것은 온도계 없이 온도를 측정하는 것과 같은 일이다.

나는 도저히 못할 것 같아 보고 있자니 빨간 셔츠가 말했다.

"자, 선생도 한번 해보지그래. 줄은 있는가?"

"줄은 남을 만큼 있습니다만 찌가 없습니다."

"찌가 없어서 낚시를 못한다면 초보자로군. 자, 이렇게 해보게. 줄을 물 밑바닥까지 닿게 하고서 뱃전에서 집게손가락으로 움직임을 살피는 걸세. 그러다 놈들이 먹이를 물면 즉시 손에 느낌이 올 걸세. 앗, 왔다!"

빨간 셔츠가 설명하면서 줄을 잡아채기에 뭐가 걸렸나 했는데 아무것도 없었다. 미끼만 없어졌을 뿐이었다. 그것참 고소한 일이었다.

"교감 선생님, 안타깝네요. 지금 것은 분명히 큰 놈이었는데. 교감 선생님 솜씨로도 놓칠 정도이니 오늘은 방심하면 안 되겠는데요. 그렇지만 놓치셔도 낚시찌와 눈싸움만 하는 사람보다는 훨씬 낫지요. 마치 브레이크가 없으면 자전거를 탈 수 없다는 것과 마찬가지죠."

아첨꾼은 이렇게 얄미운 소리만 골라서 지껄이고 있었다. 그 주둥아리에 한 방 먹이고 싶다는 생각이 간절했다. 나도 인간이다. 교감이 혼자 빌린 바다도 아닐 테고 바다는 넓은 곳이다. 다랑어 한 마리 정도는 체면 유지용으로 걸리겠지 하는 생각으로 추가 달린 줄을 바다에 풍덩 던지고 손가락 끝으로 적당히 조절했다.

잠시 후, 뭔가가 툭툭 하고 줄을 건드리는 느낌이 들었다. '이것은 분명 물고기다. 살아있는 놈이 아니라면 이렇게 줄이 움직일 리가 없다. 됐다, 낚았다!'라고 생각한 나는 힘껏 양손을 번갈아 움직이며 끌어당겼다.

"오, 낚았군요. 청출어람이라더니만, 과연……."

아첨꾼이 빈정거리는 동안 줄은 벌써 거의 다 감겨 한 다섯 척(약 1미터 반)만 끌어올리면 되었다. 뱃전에서 물속을 들여다보니 금붕어처럼 줄무늬가 있는 물고기가 줄에 매달려 좌우로 팔딱거리며 잡아당길수록 위로 끌려오고 있었다. 재미있다. 수면 위로 끌어 올릴 때 철퍼덕 물을 튀겼기 때문에 얼굴이 온통 바닷물투성이가 됐다. 간신히 잡아서 바늘을 빼려고 하는데 좀처럼 빠지지 않았다. 물고기를 잡은 손이 미끄덩거렸다. 여간 기분 나쁜 것이 아니었다. 귀찮아서 줄을 잡아 바닥에 내동댕이쳤더니 즉사해버렸다.

빨간 셔츠와 아첨꾼은 놀라서 그 광경을 보고 있었다. 나는 바닷물에 손을 넣어 씻고는 냄새를 맡아 보았다. 씻었는데도 계속 비린내가 났다. 이젠 지긋지긋했다. 뭘 낚든 물고기는 만지고 싶지 않았다. 물고기도 잡히고 싶지 않을 것이다. 내가 서둘러 줄을 감아버리자 아첨꾼이 또 건방진 소리를 해댔다.

"제일 먼저 공을 세운 것은 훌륭한지만 겨우 고르키(놀래기와 비슷한 물고기)라니……."

"고르키라고 하니 러시아 문학자 고리키를 말하는 것 같구먼."

빨간 셔츠가 한마디 거들었다.

"그렇군요. 러시아의 대문호 고리키와 비슷한 이름이 네요."

아첨꾼은 즉시 맞장구를 쳤다. 고르키가 러시아의 문학자이면 마르키(통나무)는 시바의 사진사고, 고메노나루키(쌀이 열리는 나무)는 생명의 은인일 것이다. 아무나 붙잡고 외국 사람의 이름을 늘어놓는 것이 빨간 셔츠의 나쁜 버릇이다. 사람에게는 각각의 전문 분야가 있는 법이다. 나 같은 수학 선생이 고르키인지 샤리키(짐수레꾼)인지 어떻게 분간할 수 있단 말인가. 조금은 다른 사람 생각도 해야지.

굳이 말하고 싶으면 프랭클린 자서전이나 푸싱 투 더 프런트 등 나도 아는 것을 대면 좋잖아. 빨간 셔츠는 때때로 《제국문학》이라는 빨간색 표지의 잡지를 학교에 가지고 와서 정성스레 읽곤 한다. 멧돼지에게 물어보니 빨간 셔츠가 말하는 외국 사람 이름은 다 그 잡지에서 나온단 다. 제국문학 잡지도 책임이 있다.

5

이후에도 빨간 셔츠와 아첨꾼은 열심히 낚시했고, 약 1시간 동안 둘이 열대여섯 마리를 잡았다. 그런데 우습게도 낚은 것은 모두 고르키뿐이었다. 도미는 눈을 씻고 찾아봐도 없었다.

"오늘은 러시아 문학 복이 터진 날이군." 하고 빨간 셔츠가 아첨꾼에게 말하자, "교감 선생님의 솜씨로도 고르키밖에 안 잡히는데 제가 고르키밖에 못 잡는 게 당연하지요."라고 대답했다. 뱃사공에게 물어보니 이 작은 물고기는 뼈가 많고 맛이 없어서 먹을 수 없고 비료로는 쓸 수 있다고 했다.

빨간 셔츠와 아첨꾼은 열심히 비료를 낚은 것이다. 가 없기 그지없다. 나는 한 마리 잡고 넌더리가 났기 때문에 바닥에 벌렁 드러누워 조금 전부터 하늘을 바라보고 있었 다. 낚시보다는 이편이 훨씬 풍치가 있다.

그때 두 사람이 작은 목소리로 뭔가 이야기하기 시작했 다. 잘 들리지 않았지만 그렇다고 듣고 싶지도 않았다. 나 는 하늘을 바라보며 기요 할멈을 생각하고 있었다. 돈이 있어서 기요 할멈을 데리고 이런 아름다운 곳에 놀러 오면 얼마나 좋을까. 아무리 경치가 좋아도 아첨꾼 따위와 함께 라면 시시하다. 기요 할멈은 주름살 많은 노인이지만 어떤 곳에 데리고 가도 부끄럽지 않다. 아첨꾼 같은 자는 마차 에 타든, 배에 타든 료운가쿠(1890년에 아사쿠사 공원에 세워진 12층 벽돌탑)에 오르든 도저히 함께할 인간이 못 된다.

내가 만약 교감이고 빨간 셔츠가 나처럼 신임교사였 다면, 그는 나에게 굽실굽실 아첨하고 빨간 셔츠를 야유 했을 것이 틀림없다. 도쿄 토박이는 경박하다고들 하는 데 과연 이런 자가 지방을 돌아다니며 "저는 에돗코(도쿄 토박이)입니다." 하고 되풀이해서 떠든다면 시골뜨기들이

'경박함이 에돗코이고, 에돗코는 경박함'이라고 생각할 게 불 보듯 뻔하다.

이런 생각을 하고 있는데, 무슨 일인지 두 사람이 키득키득 웃기 시작했다. 웃는 중간중간에 무슨 말을 하는데 띄엄띄엄 들려 무슨 말인지 제대로 알아들을 수가 없었다.

"뭐? 글쎄, 어쩐지……."

"……정말 그래요……모르니까 그렇지요……그건 못할 짓이죠."

"설마……."

"메뚜기를…… 정말이라니까요."

나는 다른 말은 거슬리지 않았지만 '메뚜기'라는 아첨꾼의 말을 들었을 때는 나도 모르게 정신이 번쩍 들었다. 아첨꾼이 무슨 이유에서인지 메뚜기라는 말만은 힘을 주어 분명히 내 귀에 들리도록 말하고는 그 뒤의 말은 일부러 흐려버렸다. 나는 움직이지 않고 계속 듣고 있었다.

"또 그 훗타가……."

"그럴지도 모르지……."

"덴푸라……하하하하하."

"······ 선동해서······."

"경단도?"

띄엄띄엄 이어졌어도 메뚜기, 덴푸라, 경단이라는 단어로 미루어볼 때 아무래도 귓속말로 내 흉을 보고 있는 게 틀림없었다. 이야기하려면 좀 더 큰 목소리로 하든가, 비밀 이야기를 할 생각이었다면 나를 데려오지 말든가 해야지 참 싫은 인간들이다. 메뚜기든 뭐든 간에 잘못은 나에게 있는 것이 아니다. 교장이 일단 자기에게 맡기라고 하기에 너구리의 체면을 생각해서 지금 참는 중이다. 아첨꾼 주제에 쓸데없는 참견이다. 붓이라도 빨면서 찌그러져 있는 게 좋을 텐데. 내 일은 조만간 내가 처리할 테니 상관없지만 '또 그 홋타가'라든가 '선동해서'라든가 하는 말이 신경 쓰였다.

홋타가 나를 부추겨서 소동을 크게 만들었다는 의미인지, 홋타가 학생들을 선동해서 나를 못살게 굴었다는 의미인지 도무지 갈피를 잡을 수 없었다. 푸른 하늘을 보고 있으려니 햇빛이 점점 약해지고 약간 서늘한 바람이 불기 시작했다. 모기향의 연기 같은 구름이 맑은 하늘 저편으로 조용히 흐르더니 어느 틈에 바닷속 깊이 흘러 들어가서 흐린 안개로 피어올랐다.

"이제 슬슬 돌아갈까?"

빨간 셔츠가 문득 생각난 듯이 말하자 아첨꾼이 말했다.

"네, 벌써 돌아갈 시간이 되었네요. 오늘 밤은 마돈나를 만나러 가시나요?"

"멍청하긴, 쓸데없는 소리 말게. 누가 들으면 어쩌려고."

빨간 셔츠가 뱃전에 기댄 몸을 조금 일으키며 말했다.

"에헤헤. 괜찮아요. 들어도…….."

아첨꾼이 헤헤거리며 돌아보았을 때 나는 그의 눈을 똑바로 쏘아보았다. 아첨꾼은 이크 하고 목을 움츠리며 머리를 긁적거렸다. 이 얼마나 시건방진 놈인가.

조용한 바다 위로 노를 저어 해변으로 갔다.

"자네는 낚시를 그다지 좋아하지 않는 것 같군."

빨간 셔츠가 말을 건넸다.

"네, 누워서 하늘을 보는 것이 더 좋습니다."

나는 이렇게 대답하며 피우고 있던 담배를 바다에 내던졌다. "칙" 소리를 내며 떨어진 담배가 노를 저어 일으

킨 파도 위를 흔들흔들 떠돌았다.

"자네가 와서 학생들도 아주 좋아하고 있으니 분발해 주게."

이번에는 낚시와는 전혀 상관없는 말을 했다.

"그다지 좋아하지 않는 것 같은데요."

"아니, 빈말이 아니야. 정말 좋아하고 있단 말일세. 그렇지, 요시카와 군."

"좋아하는 정도가 아닙니다. 난리가 났어요."

아첨꾼은 또 실실거리며 웃었다. 이놈이 하는 말은 묘하게도 한마디 한마디가 다 거슬린다.

"그렇지만 자네, 주의하지 않으면 위험해지는 수가 있어."

빨간 셔츠의 말에 답했다.

"어차피 세상살이가 다 그런 것 아닙니까? 이렇게 된 이상 위험은 각오하고 있습니다."

실제로 나는 학교를 관두든지, 기숙생 놈들을 모조리 불러 모아 사과를 받아내든지 둘 중 하나를 택할 각오를 하고 있었다.

"그렇게 말한다면 할 말은 없지만, 실은 나도 교감으로

서 자네를 생각해서 하는 말이니 나쁘게 생각하지 말게."

"교감 선생님은 선생에게 대단한 호의를 가지고 계십니다. 나도 부족하지만 같은 에돗코로서 되도록 오랫동안이 학교에서 근무하기를 바라고 있습니다. 서로 힘이 되었으면 해서 나름대로 애를 쓰고 있답니다."

아첨꾼이 모처럼 사람다운 소리를 했다. 하지만 아첨꾼의 신세를 질 정도라면 차라리 목을 매고 죽겠다.

"그래서 하는 말인데, 학생들은 자네가 온 것을 매우 환영하고 있다네. 여러 가지 사정상 자네도 화가 나는 일이 있을지 모르지만 그런 때일수록 인내하고 참아주게. 결코 자네에게 해가 될 일은 없도록 할 테니."

"여러 가지 사정이라니, 무슨 사정입니까?"

"그건 차차 알게 될 걸세. 자네에게는 미안한 말이지만, 이제 갓 졸업한 햇병아리 교사이지 않은가? 그런데 학교라는 곳은 여러 가지 사정이 복잡하게 얽혀 있는 곳이라서 그리 간단하게 설명되는 문제가 아니라네. 자네가 어렵사리 여기까지 왔는데 여기서 잘못된다면 우리도 자네를 청한 보람이 없게 되지 않겠나?"

"조심하라니요, 이보다 더 무엇을 조심하라는 말씀인지요? 나쁜 짓만 하지 않으면 되는 것 아닌가요?"

"호호호!"

빨간 셔츠는 웃었다.

"선생이 그렇게 정직하니 아직 경험이 없다는 소리를 듣는 것이지만……."

"어차피 경험은 부족합니다. 이력서에도 적었지만 태어난 지 23년 4개월밖에 안 됐습니다."

"그래서 생각지도 못한 곳에서 속는 수가 있다는 거요."

"솔직히 말씀드리면 누가 속이든 무섭지 않습니다."

"물론 무섭지는 않지. 무섭지는 않지만, 속아넘어가잖나. 실제로 선생의 전임자가 당했으니 주의하지 않으면 안 된다, 이 말이네."

아첨꾼이 조용하다 싶어 돌아보니 어느 틈에 고물 쪽에서 뱃사공과 낚시 이야기를 하고 있었다. 아첨꾼이 빠지니 대화가 한결 편해졌다.

"제 전임자가 누구에게 이용을 당했단 말입니까?"

"내가 누구라고 말하는 건 그 사람의 명예와 관련이 있으니 알려줄 수 없네. 또한 분명한 증거도 없으니 잘못 말했다가는 입장이 곤란해질 수 있어. 어쨌거나 모처럼 자네가 여기까지 왔으니 열심히 해줬으면 하는 바람이네. 부디 주의해주게."

"주의하라고 하셔도 이 이상 어떻게 주의하라는 말씀입니까. 나쁜 짓을 하지 않으면 되는 것 아닙니까?"

내 말에 빨간 셔츠는 호호호 하고 웃었다. 특별히 내가 우스운 말을 한 것도 아닌데 말이다.

지금 이 순간까지 그저 이렇게만 살아가면 된다고 굳게 믿고 있었다. 세상 사람들이 내게 나빠지라고 장려하고 있는 것 같다. 악독해지지 않으면 사회에서 성공할 수 없다고 믿고 있는 듯하다. 그래서 가끔 정직하고 순수한 사람을 보면 도련님이라느니 애송이라느니 하며 얕잡아본다.

그렇다면 초등학교나 중학교의 도덕 선생은 왜 '거짓말을 하지 마라', '정직해라' 하고 가르치는 것인가. 차라리 학교에서 거짓말하는 법이나 사람을 믿지 않는 기술이나 사람을 속이는 계책을 가르치는 편이 이 세상을 위하고 본인을 위하는 일일 것이다.

빨간 셔츠가 호호호 하고 웃은 이유는 나의 단순함 때문일 것이다. 단순하고 진솔한 것이 웃음거리가 되는 세상이라면 어쩔 수 없다. 기요 할멈은 이럴 때 결코 웃은 적이 없다. 크게 감탄하며 들어주었다. 기요 할멈이 빨간 셔츠보다 훨씬 훌륭하다.

"물론 나쁜 짓을 하지 않으면 되지만, 내가 나쁜 짓을 하지 않더라도 다른 사람의 나쁜 짓을 모르고서야 역시 심한 꼴을 당할 수 있네. 이 세상에는 도량이 커 보여도 담백해 보여도 친절하게 하숙집을 소개해주어도 좀처럼 방심할 수 없는 사람이 있어서……. 꽤 쌀쌀해졌네. 벌써 가을이야. 해변은 안개로 세피아색이 되었군. 멋진 경치야. 이봐, 요시카와 군, 어떤가? 저 해변의 풍경이……."

빨간 셔츠가 큰 목소리로 아첨꾼을 불렀다.

"과연 절경입니다. 시간이 있으면 얼른 스케치라도 해놓는 건데……. 그냥 보기에는 너무나 아까운 풍경인데요."

아첨꾼은 야단스럽게 떠들어댔다.

항구 근처 요릿집 2층에 불이 켜지고 기차의 기적이 뚜

하고 울릴 때 내가 타고 있던 배는 바닷가 모래밭에 뱃머리를 담그며 정박했다.

"일찍 돌아오셨네요."

여주인이 바닷가에 서서 빨간 셔츠에게 인사를 건넸다. 나는 얏 하고 기합 소리를 내며 뱃전에서 해변으로 뛰어내렸다.

4편

교무실

1

나는 아첨꾼 같은 놈이 정말 싫다. 이런 놈은 맷돌을 몸에 매달아 바닷속 깊이 수장하는 것이 나라를 위하는 길이다. 빨간 셔츠는 목소리가 마음에 들지 않는다. 분명 일부러 거드름을 피우며 꾸민 목소리일 것이다. 제아무리 잘난 척해도 그 얼굴로는 안 된다. 혹여 그 낯짝을 보고 반하는 사람이 있다면 마돈나 정도일 것이다. 하지만 교감인 만큼 아첨꾼보다는 유식한 말을 하는 게 사실이다.

집으로 돌아가 그자가 한 말을 곰곰이 생각해보니 어쨌거나 맞는 말인 것 같다. 자세하게 말한 건 아니라 확신하기는 어렵지만, 어쨌든 멧돼지가 좋지 않은 녀석이니 조심하라는 뜻인 것 같다. 그것이 사실이라면 그렇다고 분명히 말해주면 되지 않은가. 정말 남자답지 못한 행동이다. 그리고 그가 정말 나쁜 교사라면 빨리 면직시키면 될 것이 아닌가.

교감은 문학사까지 된 인간인데 무기력하다. 뒤에서 쑥덕거리는 것까지도 공공연하게 이름을 대지 못하는 남자니, 졸장부임이 틀림없다. 졸장부는 친절한 법이니까 저 빨간 셔츠도 친절한 인간일 것이다. 친절은 친절, 목소리는 목소리다. 목소리가 마음에 안 든다고 해서 친절을 무시해서야 되겠는가. 그것은 도리에 어긋나는 짓이다.

아무리 그렇더라도 요지경 같은 세상이다. 주는 것 없이 얄미운 녀석이 친절하게 대해주고, 마음에 맞는 친구가 나쁜 놈이라니 정말 어처구니가 없다. 아마 시골 촌구석이라서 그런지 도쿄와는 모든 것이 정반대로 돌아가는 모양이다. 정말 어수선한 곳이다. 이렇게 나가다가는 불이 물이 되고 돌이 두부가 되어버릴지도 모를 일이다.

그러나 아무리 생각해도 멧돼지가 학생들을 선동하다니…… 그런 장난을 칠 위인으로는 안 보였는데 믿을 수

126

없는 일이다. 하긴 가장 인망이 있는 교사라고 하니 하려고만 하면 할 수도 있겠지. 그렇다면 번거롭게 뒤에서 수작을 부리지 말고 직접 나를 붙잡고 한판 벌이는 것이 간단했을 텐데.

만약 내가 방해된다면 실은 이러저러해서 방해되니 학교를 그만두라고 했다면 좋았을 것을……. 복잡한 세상일은 단순한 말들을 주고받는 것으로 해결되기도 한다. 상대의 말에 일리가 있다면 내일이라도 당장 학교를 그만둘수도 있다. 벌어 먹고살 데가 여기만 있는 것도 아니고. 어디를 가든 길에서 쓰러져 죽지는 않을 것이다. 멧돼지도 어지간히 답답한 작자라는 생각이 든다.

내가 이곳에 처음 부임하던 날, 제일 먼저 빙수를 사준 사람이 바로 멧돼지였다. 그렇게 겉과 속이 다른 작자로부터 빙수를 얻어먹었다니 내 체면에 관계되는 일이다. 나는 딱 한 그릇밖에 먹지 않았으니 1전 5리의 빚을 진 셈이다. 그러나 1전 5리이건 얼마든 간에 사기꾼에게 신세를 졌다면 죽을 때까지 마음에 걸릴 것이다. 내일 학교에 가면 당장 갚아야겠다.

나는 기요 할멈에게 3엔을 빌렸다. 그 3엔은 5년이 지난 지금까지 갚지 않았다. 갚지 못한 것이 아니라 갚지 않은 것이다. 기요 할멈은 그 돈을 받을 생각이 없는 듯하다. 나도 다른 사람에게 진 빚처럼 어서 갚아야겠다는 마음이 없다. 내가 어서 갚아야 한다고 걱정하는 건 기요의 마음을 의심하고 할멈의 고운 마음을 몰라주는 것이다. 갚지 않은 것은 기요 할멈을 무시해서가 아니라 할멈을 나와 가까운 사람이라고 생각하기 때문이다.

기요 할멈과 멧돼지는 처음부터 비교가 되지 않지만, 비록 빙수든 감로차든 다른 사람의 은혜를 입고 가만히 있는 것은 상대방을 인정한다는 뜻으로 그 사람에 대한 호의 표시다. 내 몫을 내면 그것으로 끝이지만, 마음속에 감사의 마음을 갖게 하는 것은 돈으로 살 수 있는 것이 아니다. 내세울 만한 지위는 없지만 내 앞가림은 할 수 있는 독립한 인간이다. 독립한 인간이 머리를 숙이는 것을 백만 냥보다 더 값진 사례라고 생각해야 하지 않을까.

나는 이래 봐도 멧돼지에게 1전 5리어치의 빙수를 얻어먹었지만, 백만 냥 이상의 사례를 했다고 생각했다. 멧돼지는 당연히 고맙게 여겨야 한다. 그런데 뒤에서 비열한 짓을 하다니 괘씸하기 짝이 없는 놈이다. 내일 가서 1전 5리를 돌려주면 꾼 것도 꿔준 일도 없어진다. 그러고 한바탕 싸움을 해야겠다.

여기까지 생각했더니 졸음이 몰려와 쿨쿨 잠이 들어버렸다. 다음 날은 생각한 것이 있어서 평소보다 일찌감치 학교에 나가 멧돼지를 기다렸다. 그런데 그는 좀처럼 오지 않았다. 끝물 호박이 온다. 한자 선생이 온다. 아첨꾼이 온다. 마지막에 빨간 셔츠까지 왔지만 멧돼지의 책상 위에는 분필이 한 자루 옆으로 놓여 있을 뿐이었다.

나는 교무실에 들어서자마자 빚을 갚을 생각으로, 하숙집에서 나올 때부터 1전 5리를 손에 쥐고 학교까지 왔다. 나는 손에 땀이 많은 편인데, 손을 펴보니 1전 5리가 땀에 젖어 있었다. 땀에 젖은 돈을 주면 멧돼지가 뭐라고 할 것 같아서 책상 위에 놓고 후후 불어서 말리고 다시 손에 쥐었다.

그때 빨간 셔츠가 말을 걸어왔다.

"어제는 실례했네, 귀찮았겠군."

"귀찮지 않았습니다. 덕분에 배가 좀 고팠습니다."

그러자 빨간 셔츠는 멧돼지 책상 위에 팔꿈치를 괴고 양푼 같은 넓적한 얼굴을 내 코앞으로 들이밀었다. 나는 그가 뭘 하려나 싶었다.

"이보게, 어제 돌아오는 길에 배에서 한 말은 비밀로 해 주게. 아직 아무에게도 말하지 않았겠지?"

여자 같은 목소리를 내는 만큼 걱정이 많은 남자인 듯하다. 아무에게도 말하지 않은 것은 사실이다. 그러나 지금부터 말할 셈으로 이미 1전 5리를 손에 쥐고 있는데 여기서 빨간 셔츠에게 입막음을 당하니 조금 난처하다.

빨간 셔츠도 그렇다. 멧돼지라는 이름은 말하지 않았지만 금방 풀 수 있도록 수수께끼를 던져 놓고는 지금에 와서 수수께끼를 풀면 곤란하다니, 교감이라고 할 수 없을 정도로 무책임한 짓이다.

원래는 내가 멧돼지와 싸움을 시작하면 격전을 벌이는 한가운데로 나와 내 편을 들어주어야 옳다. 그래야 한 학교의 교감이고, 빨간 셔츠를 입은 위신도 선다고 할 수 있을 것이다.

나는 교감을 향해, 아직 아무에게도 말하지 않았지만 지금부터 홋타 선생과 담판을 지을 생각이라고 했다. 그 랬더니 빨간 셔츠는 몹시 당황하며 말했다.

"선생, 그렇게 무모하게 굴면 곤란해. 나는 홋타 선생이 라고 명확하게 말한 기억이 없는데……. 자네가 만약 여 기서 난폭하게 굴면 내 입장이 상당히 곤란해지네. 선생은 학교에 소란을 일으키기 위해 온 것은 아닐 테지?"

빨간 셔츠가 말도 안 되는 질문을 하기에 나는 이렇게 대답했다.

"당연하죠. 월급을 받으면서 소동을 일으키려 한다면, 학교에서도 곤란할 테지요."

"그렇다면 어제 일은 자네 혼자서만 알고 있고 입 밖에 는 내지 말게."

빨간 셔츠는 진땀을 흘리며 내게 부탁했다.

"좋습니다. 저도 곤란하지만 교감 선생님의 입장이 그 토록 곤란해진다면 말하지 않겠습니다."

나는 이렇게 대답했다.

"자네, 믿어도 되겠지?"

빨간 셔츠가 다짐을 받아낼 듯 물었다. 좀처럼 그 속을 모르겠다. 문학사라는 게 모두 저런 사람들이라면 한심하기 그지없다. 이치에 맞지 않고 논리가 없는 주문을 해놓고도 태연하다. 게다가 나를 의심하고 있다. 이래 봬도 나는 사나이다. 한 번 약속한 것을 뒤에서 파기하는 그런 비열한 짓은 하지 않는다.

그때 양쪽 책상의 주인도 학교에 나왔기 때문에 빨간 셔츠는 서둘러 자신의 자리로 돌아갔다. 빨간 셔츠는 걸을 때도 거드름을 피우며 걷는다. 교무실 안을 돌아다닐 때도 소리가 나지 않도록 구두 뒤축을 살짝 올렸다가 내려놓는다. 소리를 내지 않고 걷는 것이 자랑거리가 되는 줄은 이때 처음 알았다. 도둑이 되는 연습을 하는 것도 아닐 테고 평소처럼 걷는 것이 바람직한 것을.

이윽고 수업 시작을 알리는 나팔 소리가 울렸다. 멧돼지는 끝내 나타나지 않았다. 할 수 없이 1전 5리를 책상 위에 두고 교실로 향했다.

첫 시간 수업이 조금 늦어져서 조금 늦게 교무실로 돌아오니 다른 교사들은 모두 자리에 앉아 이야기를 나누고 있었다. 멧돼지도 어느 틈에 와 있었다. 결근하는 줄 알았는데 지각한 모양이었다. 내 얼굴을 보자마자 대뜸 이렇게 말했다.

"오늘은 자네 때문에 지각했으니 자네가 벌금을 좀 내주게."

나는 책상 위에 있던 1전 5리를 그의 앞으로 내밀며 말했다.

"이걸 드릴 테니 받아주세요. 얼마 전에 도오리초에서 먹은 빙수값입니다."

"지금 무슨 소리를 하고 있나, 자네?"

멧돼지는 웃으며 말했지만 이내 내 표정이 심각한 것을 보고는 돈을 내 책상 위에 도로 밀어 놓으며 말했다.

"쓸데없는 농담하지 말게나. 사람, 싱겁기는……."

"농담이 아니고 진심입니다. 제가 당신에게 빙수를 얻어먹을 이유가 없으니 갚는 것입니다. 그런데 왜 안 받겠다는 것이지요?"

"그렇게 1전 5리가 신경 쓰인다면 받아두겠네만 왜 지금에 와서 갚는 것인가?"

133

"지금에 와서건 뭐건 간에 갚고 싶습니다. 얻어먹는 것이 싫으니 갚는 것입니다."

멧돼지는 냉담하게 내 얼굴을 보더니 흥 하고 콧방귀를 뀌었다. 빨간 셔츠가 부탁만 하지 않았다면 여기서 훗타 선생의 비열함을 폭로하고 한바탕 싸움을 벌였겠지만, 입 밖에 내지 않겠다고 약속했으니 어찌할 도리가 없다. 사람이 이렇게 흥분해 있는데 흥 하고 콧방귀를 뀌는 법이 어디에 있단 말인가.

"빙수값은 받을 테니, 하숙집에서는 나가주게."

멧돼지가 말했다.

"1전 5리를 받았으면 그걸로 우리는 정리가 된 것입니다. 하숙집에서 나가든 말든 그건 제 자유입니다."

"자네 자유가 아니네. 어제 하숙집 주인이 와서 자네가 나가주었으면 하기에 이유를 물었더니 일리가 있더군. 그래서 확인해볼 요량으로 오늘 아침 하숙집에 들러 자세한 이야기를 듣고 왔네."

나는 멧돼지가 하는 말이 무슨 뜻인지 감이 잡히지 않았다.

"하숙집 주인이 무슨 말을 했는지 알게 뭔가요. 그렇게 혼자서 정한다고 될 문제인가요. 까닭이 있으면 까닭을 먼저 말하는 것이 순서 아닌가요. 덮어놓고 하숙집 주인 말에 일리가 있다고 하니 참으로 무례하군요."

"그렇다면 말해주겠네. 자네가 터무니없는 짓을 하니 하숙집에서 곤란하다고 하는 걸세. 아무리 하숙집 안주인 이라고는 하지만 하녀가 아니네. 발을 내밀며 닦아 달라니, 도가 지나치네."

"제가 언제 하숙집 안주인에게 발을 닦아 달라고 했던 말인가요?"

"닦아 달라고 했는지 어쨌는지는 모르겠네만, 하여간 그쪽에서는 자네 때문에 골치를 앓고 있다네. 하숙비 10 엔이나 15엔은 골동품 하나만 팔면 생긴다고 하네."

"별 이상한 소리를 다 듣는군요. 그렇다면 왜 처음부터 날 들인 거죠?"

"그건 나도 모르네. 처음에는 멋모르고 들였는데 이제 는 싫어져서 나가라고 하는 것이겠지. 하여간 자네가 나 가주게."

"물론이죠. 있어 달라고 싹싹 빌어도 나갈 겁니다. 그런 이상한 트집을 잡는 곳을 소개한 당신한테도 괘씸한 마음이 드는군요."

"내가 괘씸한 건지, 자네가 발칙한 건지, 둘 중 하나겠지."

멧돼지도 나 못지않게 금방 짜증을 내는 성격이라 밀리지 않기 위해 큰 소리를 냈다. 교무실에 있던 사람들은 무슨 일인가 싶어 모두 나와 멧돼지 쪽을 보며 턱을 길게 빼고 있었다. 나는 특별히 부끄러운 일을 한 적이 없기 때문에 보란 듯이 일어나 교무실 안을 한 번 쭉 둘러보았다. 모두 놀란 얼굴을 하고 있었는데 아첨꾼만은 재미있다는 듯 히죽거리며 웃고 있었다. 나는 커다란 눈을 부릅뜨고 '네놈도 한번 싸워볼 테냐?'는 듯이 서슬 퍼런 얼굴로 노려보니 아첨꾼은 갑자기 찔끔해서 얼른 고개를 숙였다. 조금 무서웠나 보다. 그러는 사이에 수업 시작을 알리는 나팔 소리가 울렸다. 멧돼지도 나도 싸움을 멈추고 교실로 향했다.

2

　오후에는 지난 밤 나에게 무례한 짓을 한 학생들의 처분
에 대한 회의가 열렸다. 나는 회의라는 것을 태어나 처음
해봐서 뭐가 뭔지 잘 몰랐지만 대충 보니 교사들이 모여 자
신의 의견을 말하면 교장이 적당히 종합하는 것이었다.

　그런데 '종합한다는 것'은 흑백을 가리기 어려운 일에 대
하여 하는 말이다. 이 경우처럼 누가 봐도 괘씸하다고밖에
생각할 수 없는 사건에 대해 회의하다니 시간이 아깝다. 누
가 어떻게 해석해도 다른 의견이 나올 리가 없다. 이렇게
명백한 일에 대해서는 즉석에서 교장이 처분해버리면 그만
일 텐데, 상당히 결단력이 없는 모양이다. 교장이란 사람이

이래서야 굼뜬 굼벵이와 다를 것이 뭔가.

회의실은 교장실 옆에 있는 가늘고 긴 방으로 평상시에는 식당으로 사용하는 곳이다. 검은 가죽 의자 20여 개가 긴 테이블 주위에 늘어서 있는데 마치 도쿄 간다(神田)에 있는 서양 식당 같은 느낌이었다. 테이블 끝에 교장이 앉고 교장 옆에 빨간 셔츠가 자리 잡는다. 나머지 사람들은 마음대로 앉는데, 체육 교사만이 언제나 겸손하게 끝자리에 쪼그리고 앉는다고 한다.

나는 상황을 잘 모르기 때문에 과학 선생과 한문 선생 사이에 앉았다. 맞은편을 보니 멧돼지와 아첨꾼이 나란히 앉아 있었다.

아첨꾼의 얼굴은 아무리 보아도 형편없는 졸작이다. 싸우기는 했어도 멧돼지 얼굴이 훨씬 분위기가 있다. 아버지의 장례식 때 고비나타(지금의 도쿄도 문교구. 나쓰메 집안의 위패를 안치하고 명복을 비는 절이 있음)의 요젠사 객실에 걸려 있던 족자의 얼굴과 닮았다. 승려에게 물어보았더니 이다텐(불법의 수호신이며 걸음이 매우 빠르다고 함)이라는 괴물이라고 했다.

화가 난 멧돼지는 눈을 뒤룩뒤룩 굴리며 가끔 내 쪽을 보았다. 그런 식으로 협박한다고 굴할 내가 아니다. 나도 지지 않으려고 눈을 굴리며 멧돼지를 쏘아보았다. 내 눈은 멋지지는 않지만 크기에 있어서는 누구에게도 지지 않는다.

"도련님은 눈이 크니 배우가 되면 어울릴 거예요."라고 기요 할멈이 곧잘 말하곤 했으니까.

"자, 이제 대부분 모이셨군요?"

교장이 말하자 서기인 가와무라 선생이 "하나, 둘……." 하고 사람 수를 세어보더니 한 사람 부족하다고 했다. 끝물 호박이 오지 않았다.

나와 고가 선생은 전생에 무슨 인연이라도 있는지 그 사람의 얼굴을 본 이후 도무지 잊히지 않는다. 교무실에 오면 바로 끝물 호박이 눈에 들어온다. 길을 걸을 때도 끝물 호박의 모습이 떠오른다. 온천에 가도 그가 창백한 얼굴을 하고 물에 불은 채 욕탕 안에 앉아 있다. 인사를 하면 "예! 안녕하십니까." 하고 아는 척한 게 미안할 정도로 머리를 숙이니 딱하다는 생각이 든다. 학교에서도 끝물 호박만큼 점잖은 사람은 없다. 좀처럼 웃지 않지만 쓸데없는 말을 하지도 않는다. 나는 군자라는 단어를 책에서 배워 알고 있었는데 이것은 책 속에 나오는 단어일 뿐 살아있는 인간은 아니라고 생각했다. 그러나 끝물 호박을 만난 후 비로소 실체가 있는 단어라는 것을 실감했다.

이 정도까지 깊이 의식하고 있는 사람이다 보니 회의실에 들어오자마자 끝물 호박이 없음을 즉시 알아챘다. 실은 '그 선생 옆에 앉을까?' 하고 속으로 생각하고 있었다.

"이제 곧 오시겠지요."

교장이 말하며 자신 앞에 있는 보라색 보자기를 풀어 인쇄물을 꺼내 읽고 있었다. 빨간 셔츠는 호박(장식용으로 쓰이는 누런빛의 투명한 제품) 파이프를 비단 손수건으로 닦았다. 이 남자는 그런 수집이 취미다. 자신이 입고 있는 빨간 셔츠에 딱 맞는 짓이다.

다른 교사들은 옆에 앉은 사람과 뭔가 속닥거리고 있었다. 할 일이 없어 따분해진 사람들은 연필 뒤에 붙어 있는 지우개로 책상 위에 끊임없이 뭔가 쓰고 있었다.

아첨꾼은 때때로 멧돼지에게 말을 걸었지만 멧돼지는

전혀 반응하지 않는다. 그저 "응"이나 "아아"라고 할 뿐 때때로 무서운 눈으로 내 쪽을 바라보았다. 나도 지지 않고 마주 노려보았다.

그때 기다리던 끝물 호박이 미안한 듯이 들어와서는 "일이 있어서 늦었습니다." 하며 정중히 너구리에게 인사를 했다.

"그럼, 회의를 시작하겠습니다."

너구리는 그렇게 말하고 서기인 가와무라 선생에게 인쇄물을 나눠주라고 했다. 받아보니 처음이 '처벌 건' 다음이 '학생 단속 건'이었고 그 외에 2, 3개가 더 있었다. 너구리는 언제나처럼 거드름을 피우며 교육의 화신이라도 되는 것처럼 이렇게 말했다.

"학교의 교사들과 학생들에게 과실이 있는 것은 모두 내가 부덕한 탓입니다. 무슨 사건이 일어날 때마다 내가 과연 교장 자리에 있어도 되는지 나 자신을 돌아보며 반성합니다. 그런데 안타깝게도 또 이런 소동이 일어난 것에 대해 여러분에게 깊은 사죄의 말씀을 드립니다. 그러나 일단 일어난 일에 대해서는 어떻게든 처분을 해야만

합니다. 이 사건은 이미 여러분이 알고 있는 대로입니다. 선후책에 대해서 참고가 될 만한 의견을 기탄없이 말해주시기 바랍니다."

나는 교장의 말을 듣고 '과연 교장인지 너구리인지는 말재주가 뛰어나구나.' 하며 감탄했다. 이렇게 교장이 뭐든 자신의 책임이라는 둥 부덕한 탓이라는 둥 말할 정도라면 아예 학생들을 처분하지 말고 자신이 그만두면 좋을 텐데. 그러면 이런 귀찮은 회의 같은 것은 열 필요도 없을 것이다.

상식적으로 생각해도 알 수 있는 일이다. 나는 얌전히 숙직했고 학생들이 소동을 부렸다. 나쁜 것은 교장도 아니고 나도 아니다. 분명히 학생들이다. 만약 멧돼지가 선동했다면 학생들과 멧돼지를 처벌하면 될 일이다.

다른 사람의 잘못을 자신이 떠맡고는 '이건 내 잘못이다, 내 잘못이다' 떠들어대는 놈이 도대체 어디에 있단 말인가. 아무튼 너구리가 아니면 할 수 없는 묘기다.

그는 이런 조리에 맞지 않는 말을 하고 나서 득의양양하게 일동을 둘러보았다. 그런데 아무도 입을 여는 사람이 없다. 과학 교사는 제1교사 지붕에 앉아 있는 까마귀를 보고 있었다. 한문 선생은 인쇄물을 접었다 피기를 되풀이하고 있었다. 멧돼지는 아직도 내 얼굴을 노려보고 있다.

회의라는 것이 이렇게 시시한 것이었다면 차라리 결석하고 낮잠을 자는 편이 훨씬 나았을 것이다. 나는 답답해서 제일 먼저 열변을 토할 생각으로 반쯤 엉덩이를 쳐들었으나, 빨간 셔츠가 말을 시작했기 때문에 자리에 앉았다. 파이프를 집어넣은 그는 줄무늬가 있는 실크 손수건으로 얼굴을 닦으며 뭔가 말하고 있었다. 저 손수건은 분명 마돈나에게서 우려낸 것이리라. 남자들은 대부분 흰모시 손수건을 사용하는 법이다.

"저도 학생들의 거친 행동에 대해 듣고 교감으로써 주의가 소홀했던 점과 평소 덕행으로 학생들을 감화시키지 못한 점을 깊이 반성합니다. 그런데 이런 일은 뭔가 결함이 있으면 일어나는 것으로 사건 자체만 놓고 보면 왠지 학생들만 나쁜 것 같지만 그 진상을 살펴보면 책임은 오히려 학교에 있을지도 모릅니다. 그러니 표면상에 드러난 것만으로 엄중한 제재를 가하는 것은 오히려 미래를 위해 좋지 않으리라 생각합니다. 또한 학생들이 혈기가 왕성하여 옳고 그름을 생각하지 않고 반무의식 상태에서 이런 장난을 했을 수도 있습니다. 원래 처분에 대해서는 교장 선생님이 결정하실 일이니 참견할 일은 아닙니다만 부디 그 점을 참작하여 아무쪼록 관대한 처분을 바랍니다."

과연 너구리도 너구리지만 빨간 셔츠도 빨간 셔츠다. 학생들이 난동을 부린 것은 학생들 잘못이 아니라 교사가 잘못해서 그런 것이라고 말하고 있다. 미치광이가 사람의 머리를 후려갈기는 것은 맞은 사람이 맞을 짓을 했기 때문에 그러는 것이라는 말이다.

참으로 고마운 말씀이다. 왕성한 혈기를 주체하지 못하겠다면 운동장에 나가 씨름이라도 하면 좋을 것이다. 반무의식 상태에서 이불 속에 메뚜기를 넣다니, 어찌 참을 수 있겠는가? 이래서야 자다가 목이 잘려도, 반무의식 상태에서 한 일이라며 풀어줄 모양새다.

나는 이런 생각을 하면서 무슨 말을 할까 궁리해보았다. 이왕 말할 거라면 사람들이 깜짝 놀라도록 막힘없이 유창하게 해야 한다. 그렇지 않으면 시시하다. 나는 화가 났을 때 말하면 두세 마디 하고 말문이 막혀버리는 버릇이 있다.

너구리도 빨간 셔츠도 인간으로서는 나보다 떨어지지만, 말하는 재주는 뛰어나기 때문에 잘못 말했다가는 발목을 잡힐 수가 있다. 나는 잠깐 마음속으로 문장을 만들고 있었다. 그때 앞에 앉은 아첨꾼이 갑자기 벌떡 일어나는 바람에 깜짝 놀랐다. 아첨꾼 주제에 의견을 말하다니 건방지기 짝이 없다. 아첨꾼은 늘 그렇듯이 경망스럽게 다음과 같이 말했다.

"실은 이번 메뚜기 사건 및 함성 사건은 우리 의식 있는 교사들에게 우리 학교 장래의 전도에 위구심을 품게 하기에 충분한 사건으로, 우리 교사들은 이러한 때에 더욱 자신을 돌아보고 전교생의 성품과 행동을 단속하지 않으면 안 되겠습니다. 그래서 방금 교장 선생님과 교감 선생님께서 하신 말씀은 실로 핵심을 찌르는 타당한 말씀으로 저도 처음부터 끝까지 찬성합니다. 부디 관대한 처분을 내려주시기 바랍니다."

아첨꾼의 말은 언어이기는 하지만 의미가 없었다. 한자

어만 쉴 새 없이 늘어놓아 도무지 뜻을 알 수가 없다. 겨우 내가 알아들은 것은 "처음부터 끝까지 찬성합니다."뿐이다.

나는 아첨꾼이 내뱉은 말의 뜻은 잘 모르지만 왠지 몹시 부아가 치밀었기 때문에 앞뒤 가리지 않고 일어나버렸다.

"저는 처음부터 끝까지 반대합니다……."

말을 꺼냈는데 다음 말이 나오지 않았다.

"……그런 뚱딴지같은 처분은 정말 싫습니다."

내가 이렇게 덧붙였더니 교사들이 모두 웃음을 터뜨렸다.

"학생들이 전적으로 나쁩니다. 어떻게 해서든 사과를 시키지 않으면 버릇이 될 것입니다. 퇴학을 시켜도 상관없습니다. ……뭡니까, 건방지게 새로 온 교사라고 얕보고……."

나는 그렇게 말하고 다시 자리에 앉았다. 그러자 오른쪽 옆에 있던 과학 선생이 나서며 말했다.

"학생들이 나쁜 것은 사실이지만 너무 엄한 처벌을 하면 오히려 반발심을 일으켜 좋지 않을 것입니다. 저 역시 교감 선생님이 말씀하신 대로 관대한 처분에 찬성합니다."

과학 선생은 약한 소리를 했다. 왼쪽 옆의 한문 선생은 원만히 수습하는 쪽에 찬성한다고 했다. 역사 선생도 교감과 같은 의견이라고 말했다. 부아가 난다. 대부분의 교사가 빨간 셔츠와 한패다. 이런 무리가 학교를 꾸려나간다면 별문제가 없을 것이다. 나는 학생들에게 사과를 받든지 학교를 그만두든지 둘 중 하나를 선택할 생각이었다. 만약 빨간 셔츠가 이긴다면 즉시 하숙집으로 돌아가 짐을 쌀 각오를 하고 있었다.

　어차피 이런 작자들을 말로 이길 재주도 없거니와 이겼다고 하더라도 계속해서 관계를 맺어야 하는 것은 이쪽에서 거절이다. 학교를 떠난 뒤에는 어떻게 되든 상관없다. 또 무슨 말을 하면 웃을 게 뻔하다. 그래서 나는 어디 누가 무슨 말을 하나 보자는 식으로 가만있었다.

　그러자 지금까지 아무 말 않고 듣고 있던 멧돼지가 벌컥 성을 내며 일어섰다. '녀석, 또 빨간 셔츠에게 찬성하는 의견을 내려는 거구나. 어쨌든 네놈과는 한판 붙을 수밖에 없겠구나. 마음대로 해라.' 하는 심정으로 지켜보는데 멧돼지는 유리창을 뒤흔들 만큼 큰 목소리로 말했다.

"저는 교감 선생님을 비롯한 다른 선생님들의 말씀에 동의할 수 없습니다. 왜냐하면 이 사건은 어느 점으로 보나 50여 명의 기숙사 학생들이 신임교사 모 씨를 얕잡아보고 놀리려고 한 행위이기 때문입니다.

교감 선생님은 그 원인을 교사의 됨됨이에서 찾으려 하신 것 같은데 실례지만 그것은 잘못된 일이라고 생각합니다. 모 씨가 숙직을 한 것은 부임해서 얼마 안 된 때로, 아직 학생들과 접한 지 채 20일도 되지 않았을 무렵입니다. 이 짧은 20일 동안에 학생들은 선생의 학문이나 인격을 파악할 여유가 없습니다. 무시당할 만한 마땅한 이유가 있어서 경멸을 당한 것이라면 학생들의 행위에 대해 이해할 수 있습니다.

교육은 단순히 학문을 가르치는 것만이 아닙니다. 고상하고 정직하고 공정함을 주장해야 합니다. 동시에 야비하고 버릇없는 행동을 못 하게 하는 것도 중요한 의의가 있다고 생각합니다. 만약 반발을 두려워하거나 소동이 커져서는 안 된다고 하여 일시적인 방편을 취한다면 이 폐습은 언제 고쳐질지 모릅니다. 이런 나쁜 풍습을 단절시키는 것이 이 학교에서 일하는 우리가 해야 할 일입니다. 이것을 간과할 정도라면 처음부터 교사가 되지 말았어야 합니다. 저는 이상의 이유로 학생 일동을 엄벌하는 동시에 해당 교사 앞에서 공식적으로 사죄하도록 하는 것이 지당한 조처라고 생각합니다."

말을 마친 멧돼지는 털썩 자리에 앉았다. 일동은 입을 다물고 아무 말도 하지 않았다. 빨간 셔츠는 다시 파이프를 닦기 시작했다. 나는 왠지 몹시 기뻤다. 내가 말하고자 하는 바를 멧돼지가 대신 말해준 것이었다.

나는 단순한 인간이기에 지금까지의 싸움은 완전히 잊고 몹시 고맙다는 얼굴을 하고 자리에 앉은 멧돼지 쪽을 봤는데, 멧돼지는 모르는 척했다.

잠시 후에 멧돼지는 또 일어났다.

"깜박 잊고 말하지 않은 것이 있습니다. 그날 밤 숙직 담당자는 숙직 중에 외출하여 온천에 갔다 왔습니다만 그것은 당치 않은 일입니다. 적어도 한 학교의 숙직을 맡은 사람이 감시하는 사람이 없다고 다른 데도 아닌 온천에 간 것은 참으로 큰 실수입니다. 학생 문제는 학생 문제대로 해놓고 이 점에 대해서는 교장 선생님께서 책임자에게 특별히 주의를 주시기 바랍니다."

묘한 녀석이다. 편을 들어주는가 싶더니 바로 남의 실수를 폭로한다.

나는 아무 생각도 없이 전에 숙직했던 선생이 외출했기에 다들 그러는 줄 알고 온천에 간 것이다. 그러나 과연 멧돼지의 말을 들으니 내가 잘못했다. 공격을 당해도 마땅하다. 그래서 나는 다시 일어났다.

"실제로 저는 숙직 중에 온천에 갔습니다. 이것은 큰 잘못입니다. 용서를 구합니다."

내가 그렇게 말하고 자리에 앉았더니 일동이 또 웃음을 터뜨렸다. 내가 무슨 말만 하면 웃는다. 보잘것없는 놈들이다. 네놈들은 이 정도로 자신의 잘못을 툭 터놓고 잘못했다고 말할 수 있는가? 할 수 없으니 웃는 거겠지.

곧이어 교장이 말했다.

"이제 더 의견이 없는 듯하니 심사숙고한 후 처분하도록 하겠습니다."

말이 나온 김에 그 결과를 말하면 기숙사 학생들은 일

주일간 외출 금지를 당한 데다가 내 앞에 와서 사죄했다. 그놈들이 사죄하지 않았다면 나는 그 자리에서 사표를 내고 도쿄로 돌아갈 생각이었는데 내가 원하는 대로 되었기 때문에 결국은 더욱 큰일이 벌어지고 말았다. 그 일에 대해서는 나중에 말하겠지만 교장은 이때 회의의 연속이라고 말하며 이런 말을 했다.

"학생들의 기강은 반드시 교사가 본을 보임으로써 바로 잡아야 합니다. 그 첫 번째로서 교사들은 되도록 음식점 등에 출입하지 말아야 합니다. 송별회처럼 특별한 때를 제외하고는 단독으로 품위 없는 장소에 가서는 안 됩니다. 예를 들면 메밀국수 가게라든지 경단 가게라든지……."

그러자 다시 한번 일동이 웃었다. 아첨꾼이 멧돼지를 보고 '덴푸라!'라며 눈짓했지만 멧돼지는 상대도 하지 않았다. 속으로 나는 고소하다고 생각했다.

나는 머리가 나빠서 너구리가 하는 말 따위 전혀 모르지만 메밀국수 가게나 경단 가게에 출입하는 사람은 중학교 교사 자격이 없다고 한다면 나 같은 먹보는 도저히 감당할 수 없다고 생각했다. 그렇다면 처음부터 메밀국수나 경단을 싫어하는 사람을 교사로 고용할 것이지 아무 말 없이 뽑아놓고 메밀국수를 먹지 말라, 경단을 먹지 말라는 주문을 하는 것은 나처럼 다른 취미가 없는 사람에게 있어서는 치명타나 다름없다. 그때 빨간 셔츠가 또 끼어들었다.

"원래 중학교 교사란 사회 지도층에 해당하니 단순히 물질적인 쾌락만을 추구해서는 안 될 것입니다. 그런 쪽으로 자꾸 빠지면 자기도 모르는 사이에 그만 품성에 나쁜 영향을 미치니까요. 그러나 교사도 인간이니 뭔가 오락이 없으면 이런 좁은 시골바닥에서 잘 지내지 못할 테지요. 그래서 낚시를 하든가, 문학서를 읽든가, 신체시(新體詩)나 하이쿠(5·7·5의 3구 17음이 기본 형식인 일본의 대표적 단시)를 읊조리든가 지으면서 뭐든 고상하고 정신적인 오락을 찾지 않으면 안 될 것으로……."

아무 말 없이 듣고 있으니 제멋대로 열변을 토하고 있었다. 바다로 나가 비료를 낚거나 고리키가 러시아의 문학자라든지 단골 게이샤가 소나무 아래에서 있다든지 오래된 연못에 개구리가 뛰어들거나 하는 것이 정신적인 오락이라면 덴푸라 메밀국수를 먹고 경단을 삼키는 것도 정신적인 오락이다. 그런 너절한 오락을 가르치려거든 차라리 빨간 셔츠나 빨아 입어라.

나는 너무 부아가 치밀었기 때문에 이렇게 물었다.

"마돈나를 만나는 것도 정신적인 오락입니까?"

그러자 이번에는 아무도 웃지 않았다. 묘한 얼굴을 하고 서로의 얼굴을 바라볼 뿐이었다. 이윽고 빨간 셔츠가 괴로운 듯 고개를 숙였다. 과연 내 말이 효과가 있는 것 같았다. 그것 봐라. 쌤통이다.

다만 끝물 호박에게는 미안했다. 왜냐하면 그렇지 않아도 창백한 그의 얼굴이 더욱 창백해졌기 때문이다.

3

나는 그날 밤 당장 하숙집에서 나왔다. 하숙집으로 돌아와 짐을 싸고 있는데 하숙집 안주인이 "뭔가 불편한 점이라도 있으셨어요? 마음에 안 드는 점이 있으면 말씀해 주세요."라고 말했다.

참, 기가 차다. 세상에는 어떻게 이다지도 알 수 없는 사람들만 모여 있단 말인가. 집에서 나가라는 말인지, 있으라는 말인지 알 수가 없다. 그야말로 미치광이다. 이런 자를 상대로 싸움해보았자 에돗코의 명예만 손상될 뿐이어서 인력거꾼을 불러서 급히 나와버렸다.

그런데 나오기는 했으나 어디로 가야 할지 몰랐다. 인

력거꾼이 "어디로 갈까요?" 하기에 "잠자코 따라오시오. 곧 알게 될 테니."라고 한 후 터덜터덜 걸어갔다.

모든 것이 귀찮아 처음 묵었던 야마시로야로 갈까도 생각했으나 또 나오지 않으면 안 되니 귀찮을 것 같았다. 이렇게 걸어가는 동안 하숙집이나 숙소 간판이 붙은 집을 발견할 거야. 그럼 그곳을 하늘이 내려준 곳으로 알고 보금자리로 정하자. 이런 생각으로 한적하고 살기 좋을 듯한 동네를 찾아 걸었다. 그러다가 드디어 가지야초란 동네에 왔다.

여기는 무사 양반들이 사는 거리로 하숙집이 있는 동네가 아니었으므로 조금 번화한 곳으로 가려고 생각하던 중 갑자기 좋은 생각이 떠올랐다.

내가 경애해 마지않는 끝물 호박이 이 동네에 살고 있다. 끝물 호박은 이곳 토박이로 조상 대대로 내려오는 저택에 살고 있을 정도이니 이 주변의 사정은 잘 알고 있을 것이다. 그를 찾아가 물어보면 적당한 하숙집을 찾아줄지도 모른다. 다행히 한 번 인사하러 간 적이 있어서 그의 집을 알고 있었기 때문에 집을 찾아 돌아다니는 수고는 하지 않아도 됐다. 여긴가 싶은 집 앞에 서서, "실례합니다. 실례합니다!" 하고 두 번 정도 불렀다.

그러자 안에서 50세 정도 되는 여자가 고풍스러운 지촉(기름종이에 기름을 적셔서 불을 켜는 등잔불)을 들고 나왔다. 나는 젊은 여자도 싫어하지 않지만 나이 든 여자를 보면 왠지 친밀감을 느낀다. 기요 할멈을 좋아하는 마음이 다른 할머니에게도 옮겨지나 보다.

이 사람은 아마도 끝물 호박의 어머니일 것이다. 머리가 짧은 품격 있는 부인으로 잘 보니 얼굴은 끝물 호박과 닮았다. 안으로 들어오라고 했지만 잠깐만 보고 가겠다며 끝물 호박을 현관까지 불러내서 실은 사정이 이러한데 어디 하숙집이 없느냐고 물어보았다.

그러자 고가 선생은 "그것참 곤란하게 됐군요." 하며 잠시 생각에 잠겨 있다가 "이 뒷마을에 하기노라는 노부부가 살고 있어요. 언젠가 방을 비워두는 것이 아까우니 괜찮은 사람이 있으면 빌려주게 소개해 달라고 부탁한 적이 있어요. 지금도 빌려줄지 어떨지는 모르겠지만 같이 가서 한번 물어봅시다."라며 친절하게 그 집으로 데리고 가주었다.

그날 밤부터 나는 하기노 씨 집에서 하숙하게 되었다. 그런데 놀라운 것은 내가 이카긴네 하숙집에서 나온 다음 날부터 아첨꾼이 아무렇지도 않은 얼굴로 내가 묵던 방에서 살게 되었다는 것이다. 좀처럼 놀라지 않는 나도 여기에는 놀라지 않을 수 없었다. 세상에는 온통 사기꾼들뿐이라 서로 속고 속이고 있는지도 모르겠다. 나는 그만 세상이 싫어졌다.

세상이 이런 것이라면 나도 지지 않을 생각으로 그들과 똑같이 할 수밖에 없다. 소매치기의 돈까지 가로채지 않고는 먹고살지 못하는 세상이라면 살아있는 것도 다시 한번 생각해볼 일이다.

그렇다고 해도 싱싱하게 젊은 몸으로 목을 맨다면 조상께 죄송할 뿐만 아니라 평판이 사나워질 것이다. 생각해보니 물리학교에 들어가 도움도 안 되는 수학 따위를 배우기보다는 600엔을 사업 자금으로 삼아 우유 배달업이라도 시작하면 좋았을 것을 그랬다. 그랬으면 기요 할멈도 나와 떨어져 지내지 않아도 됐고 나도 멀리서 기요 할멈의 걱정을 하지 않았을 텐데.

함께 살았을 때는 잘 몰랐는데 이렇게 시골에 와서 살다 보니 기요 할멈은 참으로 선량한 사람이다. 그렇게 마음씨가 고운 여자는 온 나라를 뒤져도 좀처럼 없을 것이다.

내가 도쿄를 떠날 무렵 기요 할멈은 조금 감기 기운이 있었는데 지금은 어떻게 지내고 있는지 알 수 없다. 얼마 전에 보낸 편지를 보고 무척 기뻐했겠지. 그렇다면 벌써 답장이 올 때가 됐는데…… 이런 생각을 하며 2, 3일가량을 하숙집에서 보냈다.

신경이 쓰여서 하숙집 할머니에게 편지 온 것 없느냐고 물어보았으나 물을 때마다 오지 않았다며 안됐다는 표정을 짓는다. 이곳 부부는 이카긴과는 달리 두 사람 모두 품위가 있다. 할아버지가 밤이 되면 이상한 목소리로 우타이(이야기조로 가사를 길게 빼서 부르는 노래)를 하는 데에는 두 손 들었지만 이카긴처럼 "차를 준비할까요?" 하며 불쑥 들어오지 않아서 편했다.

4

하숙집 할멈은 가끔 내 방에 와서 이런저런 이야기를 한다.

"어째서 각시를 데리고 와서 함께 살지 않는당가요이?"

하루는 이렇게 물어왔다.

"색시가 있는 사람처럼 보이세요? 이래 봬도 스물넷밖에 안 됐어요."

"아따, 이것보슈. 스물넷이면 각시가 있는 것이 당연하지라우."

이 말을 시작으로 어디에 사는 누구는 스무 살에 아내를 맞았다는 둥 어디에서 무엇을 하는 누구는 스물둘인데

애가 둘이라는 둥 이런저런 예를 잔뜩 들며 반박을 해대는 통에 어이가 없었다.

"그라믄 나도 스물넷에 각시를 맞이헐 테니께 소개해 주쇼잉."

내가 시골 사투리를 흉내 내어 부탁했더니 할머니가 물었다.

"참말이여라우?"

"진짜로 색시를 맞이하고 싶어 견딜 수가 없어요."

"그렇구먼유. 젊었을 때는 누구든지 그런 법이쥬."

이렇게 말하니 너무나 부끄러워서 대답할 수가 없었다.

"하지만 선상님은 벌써 각시가 있지라우? 내가 벌써 알고 있당께요."

"눈이 좋네요. 어떻게 아셨어요?"

"어떻게냐구유? 도쿄에서 편지가 이제나 오나 저제나 오나 애타게 기다리지 않았당가요."

"놀랐어요. 대단하시네요."

"워메, 맞혀부렀소?"

"그 말이 맞는지도 몰라요."

"그건 그렇고 요즘 가시내들은 옛날이랑 틀리당께. 조심허는 것이 좋을 것이요."

"왜요? 제 아내가 도쿄에서 바람이라도 피울까 봐서요?"

"아니여라우. 선상님 각시는 착실한 여자겠지만……."

"그렇다면 안심이 되네요. 그럼 뭘 조심하라는 말씀이죠?"

"선상님 각시는 안 그러졌지만……."

"어디에 그렇지 않은 색시가 있단 말인가요?"

"이 근방에도 꽤나 있당께. 아따, 선상님, 저 도야마(遠山) 아가씨를 모르요?"

"모르는데요."

"아직 모르는구먼유. 이 근방에서는 제일로 가는 미인여유. 겁나게 이뻐서 핵교 선상님들도 몽땅 '마돈나, 마돈나' 하고 부른당께요. 아직 못 들어보셨나 봐유?"

"아, 마돈나 말입니까? 저는 게이샤의 이름이라고 생각했는데요."

"아닌디. 마돈나라는 말은 코쟁이들 말로 미인이라는 뜻이래유."

"그럴지도 모르지요. 놀랍습니다."

"미술 선상님이 그렇게 지으신 모양이유."

"아첨꾼이 붙었다는 말이군요."

"아니랑께요. 요시카와 선상님이 지었당께요."

"그 마돈나가 착실하지 못하다는 말이군요?"

"그럼요. 그 마돈나가 고약한 마돈나 같어유."

"문제군요. 하긴 옛날부터 별명이 붙은 여자 중에는 제대로 된 여자가 없었어요. 그러니 그럴지도 모르겠네요."

"정말 그럴 거구먼유. '귀신 오마쓰'라든가 '달기 오햐쿠(일본의 전통적인 연극인 가부키의 여주인공으로 유명한 여자 도둑)'처럼 참말로 무서운 여자들이 있당께요."

"마돈나도 그런 여자인가요?"

"그 마돈나가 선상님을 여기에 소개시켜준 고가 선상님헌티 시집가기로 약조가 되어 있었는디 말이여라우……."

"그래요? 참 이상하네요. 끝물 호박이 그런 여자 복이 있는 남자라고는 생각지도 못했어요. 사람은 겉보기만으로는 알 수 없군요. 다시 봐야겠어요."

"그란디 말여유. 작년에 그 댁의 아부지가 돌아가셨어

라. 그때까지는 돈도 있고 은행의 주식도 있고 혀서 모든 게 잘 돌아갔당께요. 근디 뭔 이유에선지 갑자기 형편이 안 좋아졌어라우. 그랑께 고가 선상님이 너무 사람이 좋아서, 사기를 당한 것 같당께요. 이런저런 이유로 혼인이 미뤄지고 있는디, 그 판에 교감 선상님이 오셔가지고 자기랑 혼인을 하자고 하고 있당께요."

"빨간 셔츠가 말입니까. 나쁜 인간 같으니. 어쩐지 처음부터 그 셔츠는 보통 셔츠가 아니라고 생각했는데. 그래서요?"

"사람을 시켜서 생각을 물어봤는디, 도야마 씨 댁에서도 고가 선상님과의 의리가 있는지라 바로는 대답할 수 없어서라우. 잘 생각해보겠다 정도로 대답했다고 하드라고요. 그랬더니 교감 선상님이 뭔 수를 써서 도야마 씨 댁에 들락거리게 되더니 결국은 거시기 뭣이냐, 아가씨를 낚아채 부렀당께요. 교감 선상님도 선상님이지만 아가씨도 아가씨라고 다덜 나쁘게 말하고 있어라우. 뭐시냐, 일단 고가 선상님이랑 혼인하기로 해놓고 지금에 와서 학사 선상이 나타났다고 혀서 그쪽으로 바꾸려들다니. 그런 건

곤니치사마(오늘을 지키는 신)한테 죄스런 일이구먼요. 안 그라요?"

"정말 그러네요. 오늘을 지키는 신뿐만 아니라, 내일을 지키는 신 모레를 지키는 신에게도 죄스러운 일이지요."

"그래서 참말로 딱한 고가 선상님을 대신혀서 친구 홋타 선상님이 교감 선상님께 따지러 갔더니 '나는 약조가 된 처자를 빼앗을 생각이 없당께, 파혼이 된다면 몰라도. 지금은 도야마 씨 댁과 친하게 지내고 있을 뿐이랑께. 도야마 씨 댁과 친하게 지낼 뿐인디 고가 선상한테 미안해 할 것도 없지 않느냐' 하고 말했더래유. 그래서 홋타 선상님도 헐 수 없이 그냥 돌아오셨다는구먼유. 교감 선상님과 홋타 선상님은 그 이후 사이가 겁나게 안 좋아졌다는 소문이 있어라우."

"참 여러 가지를 알고 계시네요. 어떻게 그렇게 자세히 알고 계세요? 놀랐습니다."

"아따, 동네가 좁지 않소. 그랑께 다 알아분당께."

너무 많이 알아서 곤란할 정도다. 이 정도라면 나의 덴푸라나 경단 사건도 알고 있을지도 모른다. 귀찮은 곳이다.

그러나 덕분에 마돈나의 의미도 알았고 멧돼지와 빨간 셔츠의 관계도 알았으니 크게 도움이 되었다. 다만 곤란한 것은 어느 쪽이 나쁜 사람인지 판단이 서지 않는다는 것이다. 나처럼 단순한 사람은 흑백을 분명히 해주지 않으면 어느 쪽을 편들어야 할지 모른다.

"빨간 셔츠와 멧돼지 중에서, 어느 쪽이 좋은 사람인가요?"

"멧돼지가 뭐당가?"

"멧돼지란 홋타 씨를 말하는 거예요."

"그렇구먼유. 세기는 홋타 선상님이 세 보여도 빨간 셔츠는 학사 아니요? 그랑께 지위가 더 높겠제. 그라고 상냥한 걸로 말한다면 교감 선상님이 더 상냥하지만, 학상들 사이에서는 홋타 선상님 인기가 더 좋대유."

"그러니까 어느 쪽이 더 좋단 말씀입니까?"

"결국 월급이 많은 쪽이 더 훌륭한 것 아니오?"

이래서야 더 질문한들 소용이 없을 것 같아 나는 그 이야기를 그만두었다.

5

 그로부터 2, 3일 후 학교에서 돌아왔을 때였다. 주인 할머니가 "아이구, 많이 기다리셨지라우. 이제사 도착했당께요."라고 반기더니, 생글생글 웃으며 편지를 가지고 와서는 "찬찬히 읽으셔유." 하고 건네주고 갔다.

 기요 할멈한테서 온 편지였다. 쪽지가 두세 장 붙어 있기에 잘 보니 야마시로야에서 이카긴 쪽으로 갔다가, 이카긴에서 하기노로 온 것이었다. 야마시로야에서는 일주일밖에 안 묵었는데, 나름 여관이라고 편지까지 묵었나보다. 편지 내용은 무척이나 장황했다.

도련님의 편지를 받고 바로 답장을 쓸 생각이었는데 공교롭게 감기에 걸려 일주일 정도 앓아누운 바람에 답장이 늦었어요. 죄송해요. 게다가 요즘 처자들처럼 읽고 쓰는 것이 능숙하지 않아 이렇게 서툰 글인데도 여간 힘든 게 아닙니다. 조카에게 대필을 부탁할까도 했지만 다른 사람도 아닌 도련님께 쓰는 편지이니 직접 쓰는 것이 도리일 것 같아서 초안을 한번 쓴 다음 정서했습니다. 정서를 하는 데 이틀이 걸렸지만 초안을 쓰는 데는 나흘이 걸렸어요. 읽기 어려울지도 모르겠지만 열심히 쓴 편지이니 부디 끝까지 읽어주세요.

이렇게 시작하여 넉 자(약 1미터 20센티미터)나 되는 편지지에 이러쿵저러쿵 뭔가가 적혀 있다. 참으로 읽기 어렵다. 글씨가 서툴 뿐만 아니라 대부분이 히라가나(일본 고유의 글자. 모두 50자)여서 어디서 끊고 어디서 시작해야 하는지 구별하기가 힘들었다. 나는 성격이 급해서 이렇게 길고 읽기 어려운 편지는 5엔 줄 테니 읽어 달라고 부탁을 받아도 거절했겠지만 이때만큼은 진지하게 처음부터 끝까지 읽었다. 전부 읽기는 했지만 읽느라 너무 힘들어서 의미가 연결되지 않았다. 그래서 처음부터 다시 읽어보았다. 그새 방이 조금 어두워져서 아까보다 읽기 어려워 결국 툇마루로 나와 읽었다. 초가을 바람이 파초의 잎을 흔들고 내 쪽으로 불어왔다. 그 때문에 글을 다 읽어갈 무렵에는 넉 자나 되는 기다란 두루마리 편지지가 바람에 나부껴 손을 놓으면 앞쪽 울타리까지 날아갈 것만 같았다. 하지만 나는 그런 것에 신경 쓸 겨를이 없었다.

　도련님은 대쪽 같은 성격이지만 쉽게 화를 내는 것이 걱정입니다. 다른 사람에게 괜히 별명 같은 것을 붙이면 그 사람의 원한을 사니 함부로 붙여서는 안 됩니다. 그래도 정 붙이고 싶으시다면 기요한테만 편지로 살짝 알려주세요. 시골 사람 중에는 질이 나쁜 사람도 있으니 주의하여 험한 꼴을 당하지 않도록 조심하세요. 기후도 도쿄보다는 불규칙할 것이 뻔하니 잘 때 이불을 잘 덮어서 감기에 걸리지 않도록 하세요. 도련님의 편지가 너무 짧아서 자세한 내용을 잘 모르겠으니 다음번에 보낼 때는 적어도 이 편지의 반 정도는 써서 보내세요. 여관에 팁으로 5엔을 준 것은 괜찮지만 나중에 곤란하지 않을지. 시골에 가서 의지가 되는 것은 역시 돈밖에 없으니 되도록 절약하세요. 만일을 위해 대비해두지 않으면 안 됩니다. 용돈이 없어서 곤란할지도 모르니 소액환 10엔을 보냅니다. 도련님이 떠나기 전에 준 50엔을 도련님이 도쿄로 돌아와 집을 살 때 보태기 위해 우체국에 맡겨 놓았는데 이 10엔을 빼도 아직 40엔이 남아 있으니 괜찮아요.

과연 여자라 세심한 구석이 있는 것 같다. 내가 툇마루에 앉아서 기요 할멈의 편지를 바람에 나부끼며 읽다가 생각에 잠겨 있자니 장지를 열고 주인 할머니가 저녁 밥상을 들고 왔다.

"워매, 아직도 읽고 계신갑소. 겁나게 긴 편진가 보네요."

"네, 소중한 편지여서 바람에 날리다가 읽고, 바람에 날리다 읽고 하고 있어요."

나도 무슨 말인지 모를 이상한 대답을 하고 밥상 앞에 앉았다. 밥상을 보니 오늘 저녁 반찬도 감자조림이다. 이 집은 이카긴네보다 점잖고 친절하고 게다가 예의도 바르지만 안타깝게도 음식이 맛이 없었다. 어제도 감자, 그제도 감자, 오늘 밤도 감자다.

내가 감자를 무척 좋아한다고 말한 것은 사실이지만 이렇게 계속해서 감자만 먹다가는 목숨을 부지할 수 없을 것이다. 끝물 호박을 비웃었는데 머지않아 내가 끝물 감자가 될 것 같다.

아마 기요 할멈이었다면 이럴 때 내가 좋아하는 참치회나 어묵에 간장을 발라 구워줬을 텐데. 가난한 구두쇠 양반이다 보니 어쩔 수가 없나 보다. 아무리 생각해도 기요 할멈과 같이 살지 않으면 안 될 것 같다. 만약 이 학교에 오래 있게 되면 도쿄에서 불러와야겠다고 마음먹었다.

덴푸라 메밀국수를 먹어서도 안 되고 경단을 먹어서도 안 된다. 게다가 하숙집에서 감자만 먹고 누렇게 떠 있으라니, 교육자의 길이란 멀고도 험하구나. 절에 있는 스님들도 나보다는 훨씬 더 잘 막고 살 것이다.

　나는 감자 한 접시를 먹어 치우고 책상 서랍에서 날달
걀 두 개를 꺼냈다. 그리고 밥그릇 모서리에 부딪쳐 깨서
먹었다. 이렇게라도 하지 않으면 영양분이 부족해서 주
21시간의 수업을 감당할 수 없다.

6

　오늘은 기요 할멈의 편지 때문에 온천에 가는 시간이 늦어졌다. 하지만 매일 습관처럼 가는 것을 하루라도 빠뜨리면 왠지 개운치가 않다. 기차라도 타고 갈 생각으로 예의 그 빨간 수건을 들고 역까지 오니 2, 3분 전에 기차가 출발하여 잠시 기다려야 했다. 벤치에 앉아 담배를 피우고 있는데 마침 끝물 호박을 만났다.

　나는 조금 전에 들은 이야기가 있는 터라 끝물 호박이 더욱 딱하게 여겨졌다. 그렇지 않아도 엎혀사는 사람처럼 몸을 웅크리고 있는 것이 몹시 안돼 보였는데 오늘 밤은 안돼 보이다 못해 애처롭기까지 했다. 가능하다면 월급을 두

배로 올려주고 도야마 아가씨와 내일이라도 당장 결혼시켜 한 달 정도 도쿄로 신혼여행을 보내주고 싶었다. 나는 선뜻 끝물 호박에게 자리를 내주었다.

"자, 이쪽에 앉으시지요."

그러자 끝물 호박은 몹시 미안하다는 듯이 "아니, 괜찮습니다." 하고 사양하며 계속 서 있었다. 나는 다시 한번 권했다.

"차가 지금 떠나서 기다려야 해요. 힘드시니 앉으세요."

실은 어떻게 해서든 내 옆에 앉히고 싶을 정도로 애처로워서 견딜 수가 없었다.

"그럼 실례하겠습니다."

끝물 호박은 나의 호의를 받아들였다.

세상에는 아첨꾼처럼 건방진 데다 낄 자리 안 낄 자리 구분하지 않고 나대는 자도 있고 멧돼지처럼 자신이 없으면 나라가 큰일 날 것이라는 식의 얼굴을 하고 다니는 자도 있다. 그런가 하면 빨간 셔츠처럼 머릿기름을 처바른 기생오라비 같은 자도 있다. 교육이라는 것이 살아서 프록코트(서양식 신사용 예복의 한 가지)를 입으면 그것이 곧 자신이 된다고 생각하는 너구리 같은 자도 있다. 모두 자신이 잘났다고 으스대는 중에 이 끝물 호박처럼 있는지 없는지 존재감도 없이, 볼모로 잡힌 사람처럼 얌전히 있는 사람을 본 적이 없다.

얼굴은 부풀어 있지만 이런 괜찮은 남자를 버리고 빨간 셔츠에게 기울다니 마돈나도 뭘 모르는 여자다. 빨간 셔츠가 수십 명 있어도 끝물 호박만큼 훌륭한 남편감은 없을 것이다.

"선생님, 어디 불편하신 것 아닌가요? 꽤 힘들어 보이는데……."

"아니요, 이렇다 할 병은 없습니다만……."

"그렇다면 다행입니다. 몸이 아프면 사람 구실도 못 하지요."

"선생님은 건강하신 것 같군요."

"네, 제가 몸은 좀 말랐지만 아픈 데는 없어요. 저는 아픈 게 제일 싫거든요."

끝물 호박은 내 말을 듣고 소리 없이 웃었다.

그때 입구 쪽에서 젊은 여자들의 웃음소리가 들려오기

에 아무 생각 없이 돌아보았는데 엄청난 미인이 있었다. 얼굴이 하얗고 서양식 머리 모양에 키가 큰 미인으로 마흔대여섯 정도로 보이는 중년부인과 함께 매표소 창구 앞에 서 있었다.

나는 미인을 어떻게 표현하면 좋을지 모르는 사람이므로 뭐라고 해야 할지 모르겠지만 엄청난 미인임이 틀림없다. 수정 구슬을 향수로 데워서 손바닥에 쥐고 있는 듯한 기분이 들었다.

키가 작은 쪽은 나이가 들었는데, 얼굴이 닮은 것을 보니 모녀지간일 것이다. 나는 끝물 호박은 완전히 잊은 채 미인 쪽만 보고 있었다. 그때 끝물 호박이 갑자기 내 옆에서 벌떡 일어나 천천히 여자들 쪽으로 걸어가서 조금 놀랐다. 마돈나가 아닐까 생각했다.

세 사람은 매표소 앞에서 가볍게 인사했다. 나는 멀리 있었기 때문에 무슨 이야기를 하는지 알 수 없었다.

정류장의 시계를 보니 기차가 출발하기까지 5분 남았다. 얘기할 상대가 없어진 나는 '빨리 기차가 오면 좋을 텐데' 하고 생각했다. 그때 한 사람이 급히 대합실 안으로 뛰어 들어왔다. 빨간 셔츠였다. 왠지 흐늘거리는 기모노에 주름 잡힌 비단 띠를 단정하지 못하게 매고 늘 그렇듯이 금줄 시계를 늘어뜨리고 있었다. 빨간 셔츠는 아무도 모를 줄 알고 자랑스럽게 내보이고 있지만 나는 잘 알고 있다. 그 시계는 진짜 금이 아니라 도금이다.

빨간 셔츠는 뛰어 들어오자마자 침착하지 못하게 주위를 두리번거리고 있다가 매표소 앞에서 이야기를 나누고 있는 세 사람을 발견하고는 다가갔다. 그들에게 정중하게 인사하고 뭔가 두세 마디 주고받는가 싶더니만 갑자기 나를 향해서 일전의 그 고양이 걸음으로 살금살금 걸어왔다.

"어이, 자네도 온천에 가는 길인가? 나도 늦었나 싶어 서둘러 왔는데 아직 3, 4분 남았군. 저 시계가 맞는지 모르겠네."

그러더니 자신의 가짜 금시계를 꺼내서 보았다.

"2분 정도 느리군."

그렇게 말하며 내 옆에 앉았다. 여자들 쪽은 아예 보지 않고 지팡이 위에 턱을 괸 채 정면만 응시하고 있었다. 나이 든 부인은 때때로 빨간 셔츠를 보았지만 젊은 쪽은 눈길 한 번 주지 않았다. 분명 마돈나임이 틀림없다.

이윽고 뚜 하고 기적 소리가 울리더니 기차가 도착했다. 기다리던 한 무리의 사람들이 줄줄이 기차에 탔다. 빨간 셔츠는 제일 먼저 일등칸에 올라탔다. 일등칸에 탄다고 뽐낼 것도 못 되는데 말이다. 왜냐하면 스미다까지의 요금은 일등칸이 5전이고 이등칸이 3전으로 겨우 2전밖에 차이 나지 않는다. 단돈 2전 차이로 상하가 나뉘는 것이다.

잘난 것도 없는 나조차도 큰맘 먹고 일등칸을 타려고 하얀색 차표를 손에 쥐고 있으니 말이다. 그러나 시골 사람들은 원래 구두쇠여서 겨우 2전 차이인데도 몹시 아까워하며 대부분은 이등칸을 이용한다.

빨간 셔츠의 뒤를 이어 마돈나와 그녀의 어머니가 일등칸에 올라탔다. 끝물 호박은 항상 이등칸만 탔다. 그가 이등칸 입구에 서서 왠지 주저하는 듯하더니 내 얼굴을 보자마자 결심한 듯 올라탔다. 나는 이때 왠지 측은한 생각이 들어서 그의 뒤를 따라 이등칸에 올라탔다. 일등칸 차표를 가지고 이등칸을 탄다고 뭐라 할 사람은 없을 터였기 때문이다.

온천에 도착하여 3층에서 유카타로 갈아입고 욕탕에 내려갔는데 그곳에서 또 끝물 호박과 만났다. 나는 회의 같은 공식적인 자리에 가면 항상 목이 막혀서 아무 말도 못 하는 남자지만 평소에는 상당히 말이 많은 편이어서 욕탕 안에서 끝물 호박에게 이런저런 말을 걸었다. 왠지 그가 가엾어서 견딜 수가 없었기 때문이다.

이럴 때 한마디라도 건네어 상대방의 마음을 위로해주는 것이 에도코의 도리라는 생각이 들었다. 그러나 공교롭게도 끝물 호박은 나의 마음을 몰라주었다. 무슨 말을 해도 "예.", "아니오."라고 대답할 뿐이었고, 게다가 나중에는 그 대답을 하는 것도 귀찮아하는 듯했기 때문에 결국 내가 입을 다물고 말았다.

욕탕 안에서는 빨간 셔츠와 만나지 않았다. 하기야 온천은 많이 있으니 같은 기차를 타고 왔다고 해서 같은 온천에서 만나라는 법은 없다. 그다지 이상하다고 생각하지 않았다.

온천에서 나와보니 휘영청 밝은 달이 떠 있었다. 마을 길가에 늘어선 버드나무의 가지가 둥근 그림자를 길에 드

리우고 있었다. 나는 잠시 걷고 싶어졌다. 북쪽으로 올라
가 거리 끝까지 나가보니 왼쪽에 커다란 문이 있고 그 문
을 들어서자 막다른 곳에 절이 있었다. 좌우로는 유흥가
가 늘어서 있었다.

산속에 유곽이 있다니 희한한 노릇이다. 잠깐 들어가보
고 싶었지만 또 회의 시간에 너구리에게 지적을 당할지도
모르므로 그냥 지나쳤다. 늘어선 가게 중에 검은 발을 늘
어뜨린 작은 격자창이 있는 단층집은 지난번에 내가 경단
을 먹고 지적을 당한 집이었다. '시루코(새알심을 넣은 경단,
주로 정월에 먹는 일본식 떡국)'라고 쓰인 둥근 초롱이 매달
려 있었는데 처마 근처에 있는 버드나무 가지를 비추고 있
었다. 먹고 싶은 생각이 굴뚝같았지만 꾹 참고 지나쳤다.

먹고 싶은 경단을 먹을 수 없는 것은 가슴 아픈 일이다.
그러나 자신의 약혼자가 다른 사람에게 마음을 준 것에
비하면 덜 아플 것이다. 끝물 호박을 생각하니 경단은커
녕 3일 정도 단식을 해도 불평할 상황이 아니었다.

정말로 인간만큼 못 믿을 것도 없다. 그 여자의 얼굴
을 보면 도저히 나쁜 짓을 할 사람은 아닌 것 같은데 말

이다. 아름다운 아가씨가 몰인정하고, 끝물 호박 같은 얼굴인 고가 선생이 선량한 군자이니 요지경 세상이다. 시원시원한 성격이라고 생각했던 멧돼지는 학생들을 선동했다질 않나, 학생들을 선동한 장본인으로 알았던 멧돼지가 학생들을 엄하게 다스려야 한다고 교장에게 주장하질 않나……. 불쾌하기 그지없는 빨간 셔츠가 의외로 친절하여 나에게 넌지시 주의를 주나 싶더니 마돈나를 꼬드겼다고 하고, 그자가 속여서 나쁘다고 생각했는데 고가 선생이 파혼하지 않으면 결혼은 원치 않는다고 하고, 이카긴이 괜한 트집을 잡아 나를 쫓아냈나 했더니 즉시 아첨꾼이 내가 쓰던 방을 차지하고…….

아무리 생각해도 무엇 하나 믿을 것이 없는 세상이다. 이런 일을 기요 할멈에게 적어 보낸다면 분명 놀라 자빠질 것이다. 그리고 아마 이렇게 말할 것이다.

"하코네에서도 더 들어가는 시골이라 요상한 사람들만 모여 사나 봐요."

나는 원래 무딘 성격이어서 지금까지 웬만한 일에는 끄떡도 하지 않고 지내왔는데 여기 온 지 한 달도 안 된 사이에 이런 일들을 겪으니 갑자기 세상이 무서워졌다. 특별히 큰 사건이 있었던 것도 아닌데 벌써 대여섯 살은 더 먹은 느낌이 든다. 빨리 정리하고 도쿄로 돌아가는 것이 가장 좋을지도 모른다.

생각은 꼬리에 꼬리를 물고 이어졌다. 이런저런 생각을 하며 걷다 보니 어느새 노제리 강둑에 다다랐다. 강이라고 하면 대단하게 들리지만 실은 어른 키 정도의 강폭에 물이 졸졸 흐르는 정도다. 강둑을 따라 1킬로미터 정도 내려가면 아이오이 마을이 나온다. 이 마을에는 관음상이 있다.

온천 거리를 뒤돌아보니 빨간 등불이 달빛 속에서 빛나고 있었다. 북소리가 들려오는 곳은 분명 유곽이 틀림없다. 강은 깊이가 얕지만 신경질을 내기라도 하는 것처럼 물살이 빨라 반짝거린다.

강둑을 따라 어슬렁어슬렁 300미터 정도 걸었을 때 앞쪽에서 사람 그림자가 보였다. 달빛에 보니 그림자는 둘이었다. 온천에 왔다가 마을로 돌아가는 젊은이들일지도 모른다. 그런데 그런 사람들치고는 노래도 부르지 않고 너무 조용했다.

계속 걷다 보니 내 걸음이 빠른지 두 사람의 그림자는 점점 커졌다. 한 사람은 여자인 것 같았다. 거리가 20미터쯤으로 좁혀지자 내 걸음 소리를 듣고 남자가 뒤돌아보았다. 달은 내 뒤에서 비치고 있었다. 그때 나는 남자의 얼굴을 보고 '앗!' 하고 놀랐다. 남자와 여자는 처음처럼 다시 걷기 시작했다. 뭔가 생각한 바가 있던 나는 갑자기 전속력으로 뒤쫓았다. 두 사람은 아무런 눈치도 못 채고 천천히 걷고 있었다. 지금은 말소리도 또렷이 들렸다. 강둑의 넓이는 1.8미터 정도이니 세 사람이 나란히 걸을 수 있었다. 어려움 없이 둘을 따라잡은 나는 남자 옆을 지나쳤고 두 걸음쯤 앞섰을 때 발걸음을 획 돌려 남자의 얼굴을 들여다보았다. 달빛은 나의 짧은 머리에서 턱 언저리까지를 인정사정없이 정면으로 비췄다. 남자는 "앗!" 하고 작은 소리를 내고 얼굴을 돌리더니 "이제 돌아갑시다." 하고 여자를 재촉하여 온천 거리 쪽으로 발걸음을 돌렸다.

뻔뻔스러운 빨간 셔츠가 나를 속일 생각이었는지, 아니면 소심해서 아는 체를 못 한 것인지는 나도 모르겠다. 아무튼 동네가 좁아서 곤란한 것은 비단 나뿐만이 아닌 것 같다.

7

빨간 셔츠의 권유로 낚시를 다녀온 날부터 나는 멧돼
지를 의심하기 시작했다. 없는 일을 트집 잡아 하숙집에
서 나가라고 했을 때는 정말로 괘씸한 놈이라고 생각했
다. 그런데 회의 자리에서는 뜻밖에도 학생들을 엄벌해야
한다고 강력히 주장했기 때문에 '어라?' 하고 고개를 갸우
뚱하게 해 갈피를 잡을 수 없었다.

하기노 할멈한테서 멧돼지가 끝물 호박을 위해 빨간
셔츠와 담판을 지으러 갔다고 들었을 때는 너무 감탄해서
손뼉을 쳤다. 이런 상황으로 미루어본다면 나쁜 사람은
멧돼지가 아닐 것이라는 생각이 들었다. 빨간 셔츠가 그

룻된 사실을 진짜인 것처럼 바꿔서 내 머릿속에 심어놓은 것이 아닌가 의심하던 차에 노제리 강둑에서 마돈나와 함께 산책하고 있는 그의 모습을 보았다. 그 이후로 나는 빨간 셔츠는 신용할 수 없는 인물이라고 단정해버렸다. 신용할 수 없는지 어떤지 잘은 모르겠지만 하여간 선한 남자는 아니다. 겉과 속이 다른 남자다.

인간은 모름지기 대나무처럼 곧아야 한다. 곧은 인간은 싸웠어도 뒤끝이 깨끗하다. 빨간 셔츠처럼 상냥하고 친절하고 고상하고 호박 파이프를 자랑하듯 닦는 자는 조심해야 한다.

빨간 셔츠와는 웬만해서는 싸움도 하지 말아야겠다. 싸움을 한다 해도 에코인(일본의 씨름 대회가 처음 열렸던 곳)의 스모 대회처럼 기분 좋은 싸움은 할 수 없을 것 같았다. 그렇게 되니 1전 5리를 주고받는 것으로 교무실 전체를 떠들썩하게 만든 멧돼지 쪽이 훨씬 더 인간답게 여겨졌다. 회의 때 올빼미처럼 눈을 동그랗게 뜨고 나를 노려볼 때는 얄미운 놈이라고 생각했지만 나중에 생각해보니 그것도 빨간 셔츠의 끈적끈적하고 간지러운 목소리보다 낫다.

실은 그 회의가 끝난 뒤 웬만하면 화해하고 싶어 한두 마디 말을 걸어보았다. 그런데 멧돼지가 대답도 하지 않고 눈알을 부라렸기 때문에 나도 화가 나서 그만두었다.

그 후로 멧돼지는 나와 말을 하지 않는다. 그날 내가 돌려준 1전 5리는 아직도 책상 위에 그대로 놓여 있다. 물론 나는 그것을 다시 집어넣을 수 없다. 멧돼지도 결코 가지고 가지 않았다. 이 1전 5리가 두 사람 사이의 장벽이 되어 말을 걸고자 해도 입이 떨어지지 않았다. 멧돼지도 완고하게 침묵을 지키고 있다. 저주스러운 1전 5리다. 결국에는 학교에 나와 1전 5리를 보는 것이 고통스러웠다.

멧돼지와 내가 절교 상태가 된 것에 비해 빨간 셔츠와 나는 여전히 이전과 같은 관계를 지속하고 있다. 노제리 강에서 만난 다음 날, 학교에 오자마자 빨간 셔츠는 내 옆에 와서 "자네, 이번 하숙집은 괜찮은가? 또 같이 러시아 문학을 낚으러 가세."라며 이런저런 말을 했다.

나는 그가 조금 얄미워져서 "어제는 두 번 만났지요?" 하고 말했다. 그러자 "응, 역에서……, 자네는 늘 그 시간에 가나? 너무 늦은 시간 아닌가?"라고 물었다. "노제리 강둑에서도 만났지요?"라고 말꼬리를 잡았더니 "아, 아니, 나는 그쪽에는 가지 않았는데. 온천에 갔다가 바로 돌아 왔어."라고 대답한다.

실제로 만났으니 그렇게까지 숨기지 않아도 좋을 텐데, 잘도 거짓말을 하는 남자다. 이런 자가 중학교 교감이라면 나는 대학 총장이 될 수 있을 것이다. 이때부터 나는 완전히 빨간 셔츠를 믿지 못하게 되었다. 그런데 신용하지 않는 빨간 셔츠와는 말을 하면서, 마음속으로 좋게 생각하는 멧돼지와는 말을 하지 않는다. 세상일이란 꽤 묘한 것이다.

어느 날 빨간 셔츠가 잠깐 나에게 할 말이 있으니 자기 집에 좀 들러 달라고 했다. 온천에 가지 못하는 게 아쉬웠지만 하루 빠지기로 하고 4시쯤에 가보았다.

빨간 셔츠는 독신이지만 교감인 만큼 하숙 생활은 일찌감치 청산하고 멋진 현관이 있는 집에 살고 있었다. 집세는 9엔 50전이라고 한다. 시골에 와서 9엔 50전으로 이렇게 으리으리한 집에서 살 수 있다면 나도 큰마음 먹고

도쿄에서 기요 할멈을 불러서 기쁘게 해줄까 하는 생각도
들었다.

"실례합니다." 하고 불렀더니 빨간 셔츠의 동생이 나와
서 맞아주었다. 이 동생은 학교에서 나에게 대수와 산술
을 배우고 있는데 상당히 공부를 못하는 편이다. 그런 주
제에 타지에서 온 녀석이라 시골에서 나고 자란 아이들보
다 질이 더 안 좋다.

빨간 셔츠를 만나 용건을 물으니 매캐한 담배 냄새가
나는 예의 호박 파이프를 물고 이렇게 말했다.

"자네가 온 뒤로 전임자 때보다도 성적이 많이 올라서
교장 선생님도 좋은 사람이 왔다고 흐뭇해하고 계시네.
학교에서 신뢰받고 있으니 그리 알고 아무쪼록 더 열심히
해주게."

"네? 그렇습니까? 그런데 열심히 하라고요? 지금보다
더 열심히는 할 수 없습니다만……."

"지금 정도로 충분하네. 다만 저번에 이야기한 것 있
지? 그것만 잊지 않으면 되네."

"하숙집 알선 따위나 하는 사람은 위험하다는 말씀인

가요?"

"그렇게 노골적으로 말하면 내가 무안해지지 않나. 어쨌거나 의미는 통한 것 같군. 그리고 자네가 지금처럼 열심히 해주면 학교에서도 지켜보다가 조금 더 형편이 좋아지면 어느 정도 반영할 것이네."

"네? 월급 말씀입니까? 월급 따위야 아무래도 상관없습니다만 오르면 오를수록 좋지요."

"마침 이번에 전근 가는 선생님이 있으니……, 물론 교장 선생님과 얘기해봐야겠지만, 그 월급에서 조금은 융통성 있게 조율할 수 있을지도 모르겠네. 한번 교장 선생님께 말씀드려보겠네."

"고맙습니다. 그런데 누가 전근 가나요?"

"곧 발표할 테니 얘기해도 상관없겠지. 실은 고가 선생님이네."

"하지만 고가 선생님은 여기가 고향이잖아요?"

"그렇기는 한데, 그럴 만한 사정이 있어서……. 반은 본인의 희망이네."

"어디로 가시게 되는 거죠?"

"휴가의 노베오카로 간다는데, 지역이 지역이라서 한 호봉 올려서 가기로 했네."

"누가 후임자로 오나요?"

"후임자도 대강 정해졌다네. 그 후임자의 형편에 따라 자네의 대우 문제도 달라질 걸세."

"잘된 일입니다만 무리해서 올려주지 않아도 됩니다."

"어쨌거나 내가 교장 선생님께 말씀드려볼 생각이네. 교장 선생님도 동의할 것 같지만 그렇게 되면 자네가 조금 더 일해야 할지도 모르니 그렇게 알고 있게."

"지금보다 수업 시간이 많아진다는 말인가요?"

"아니. 오히려 시간은 지금보다 줄어들지 모르지만……."

"시간이 줄어드는데 일은 더 한다는 말씀인가요? 묘하네요."

"얼핏 들으면 묘하지……. 지금 분명히 말하기 곤란하지만……, 자네에게 더 중대한 책임을 맡길지도 모른다는 뜻이지."

나는 전혀 이해할 수 없었다. 지금보다 중대한 책임이

라고 하면 수학 주임일 텐데, 주임은 멧돼지이고 그 작자는 사직할 생각이 전혀 없다. 게다가 학생들 사이에 인망이 있어서 전근을 보내거나 면직시키는 것은 학교에 득이 되지 않을 것이다.

빨간 셔츠의 말은 늘 애매모호하다. 잘 모르겠지만 어쨌든 용건은 끝났다. 이후 조금 잡담을 나누었다. 끝물 호박의 송별회를 할 거라는 둥, 나에게 술을 마시냐고 묻기도 하는 둥, 끝물 호박 선생은 군자여서 아끼는 사람이라는 둥 빨간 셔츠는 끊임없이 떠들어댔다. 마지막에는 화제를 바꿔 느닷없이 나에게 하이쿠를 하느냐고 물었다. 나는 이거 큰일이다 싶어서 "하이쿠는 못 짓습니다."라고 대답하고는 얼른 인사하고 서둘러 돌아왔다.

자고로 하이쿠는 바쇼(하이쿠의 달인)나 이발소 주인이나 하는 짓이다. 수학 교사가 나팔꽃한테 두레박을 빼앗겨서야 되겠는가(아침밥을 짓기 위해 일어나 물을 뜨려고 하는 때, 두레박에 아름다운 나팔꽃이 피어 있어 꺾을 마음이 나지 않아 기어코 옆집에서 물을 길어왔다는 내용의 하이쿠에서 따온 말).

5편

가엾은 끝물 호박 선생

1

　돌아가서 깊이 생각에 잠겼다. 세상에는 참으로 알다
가도 모를 수 없는 사람이 있다. 집은 물론 근무하는 학교
에, 뭐 하나 부족함 없는 고향이 싫어졌다며 전혀 모르는
타향으로 사서 고생하러 가다니. 그것도 전차가 다니는
번화한 곳이라면 몰라도 깡촌인 휴가의 노베오카라니, 참
이해할 수 없는 일이다.

　나는 뱃길이 편리한 이 고장에 왔는데도 한 달이 채 되기
도 전에 벌써 돌아가고 싶은 마음이 굴뚝같은데 말이다.

　노베오카라고 하면 이만저만한 산골이 아니다. 빨간 셔
츠의 말에 의하면 배에서 내려 온종일 마차를 타고 미야

자키로 가서 또 온종일 인력거를 타고 가야만 하는 겨우 닿는 곳이라고 했다. 원숭이와 사람이 반반씩 섞여 살고 있을 것만 같다.

아무리 성인군자 같은 끝물 호박이지만 자진해서 원숭이의 상대가 되고 싶지는 않았을 텐데, 도대체 무슨 생각으로 그런 곳에 가기로 했을까?

그때 할머니가 평소와 마찬가지로 저녁상을 들고 왔다.

"오늘도 또 감자예요?" 하고 내가 물어보았더니 "아니랑께요. 오늘은 두부랑께요."라고 했다. 감자나 두부나 매일 나오는 반찬인 것은 마찬가지다.

"할머니, 고가 선생이 휴가로 간다지요?"

"참말로 가여운 일이지라우."

"안됐어도 좋아서 가는 것이니 어쩔 수가 없잖습니까."

"좋아서 간다고라우? 누가 그라요?"

"누가 그러기는요. 당사자가 그러지요. 고가 선생이 별난 사람이라 가는 것 아닌가요?"

"선상님은 아무것도 모르는 소리여유."

"왜요? 교감이 그렇게 말했어요. 그게 사실이 아니라면

194

교감은 보통 거짓말쟁이가 아니네요."

"교감 선상님이 그렇게 말하는 것도 틀린 말은 아니지만서도 고가 선상님이 가고 싶어 하지 않아 하는 것도 틀린 말은 아니랑께요."

"그렇다면 두 사람 모두 맞다는 말이네요. 할머니는 공평해서 좋겠어요. 대체 어떻게 된 거죠?"

"오늘 아침 고가 선상님의 어무이헌티 얘기를 들었당께요."

"어떤 얘기를 들었는데요?"

"그 댁 아부지가 돌아가신 뒤로 생활이 쪼까 어려워졌는 갑소. 그래서 그 댁 어무이가 교장 선상님께 4년이나 근무하고 있은께 월급을 쪼개 올려 달라고 부탁을 했다고 허드라고요."

"그렇군요."

"교장 선상님이 잘 생각해보겠다고 했다고 허드라고요. 그래서 그 댁 어무이도 안심허고 돌아가서 기별을 기다리고 있는디 교장 선상님이 고가 선상님을 불렀당께요. 가보니께 교장 선상님이 미안허지만 핵교에는 돈이 없어 월

195

급은 올려줄 수 없응께, 마침 노베오카에 자리가 났는디 거기라믄 매월 5엔씩 더 줄 것이라고, 수속은 해두었으니께 가기만 하믄 된다고 했당게요."

"상담이 아니라 명령이 아닙니까?"

"그랑께요. 고가 선상님이 '다른 데 가서 월급이 오르는 것보다는 월급을 안 올려주셔도 되께 여기 있겠습니다. 집도 있고 어무니도 있은께요' 하고 부탁했지만 '벌써 정해졌당게. 고가 선상님 후임으로 올 사람도 정해졌으니 어쩔 수 없당게'라고 교장 선생이 말했다고 하드라고요."

"아주 사람을 바보 취급하는군요. 그러니까 고가 선생님은 갈 마음이 없다는 말이군요. 어쩐지 이상하다고 생각했어요. 5엔 정도 월급을 올려준다고 저 산속으로 원숭이를 상대하러 갈 벽창호는 아마 없겠지요."

"벽창호라니…… 고가 선상님 말이랑가요?"

"그게 무엇이든 이건, 전적으로 교감의 계략이었어요. 알고 보니 정말 나쁜 놈이잖아. 그야말로 골탕을 먹인 꼴이군요. 그것으로 내 월급을 올려준다니, 어떻게 이런 고약한 일이 있을 수 있담. 올려준대도 누가 받나 봐라."

"선상님은 월급이 오른당까요?"

"올려준다고 했지만 거절할 생각입니다."

"워째서 그걸 거절한당가?"

"어쨌건 거절할 겁니다. 할머니. 교감은 아무리 잘 봐주려 해도 치사한 놈이에요. 비겁하고요."

"그 사람이 비겁해도 선상님, 월급을 올려준다는디 암소리 말고 받아두는 것이 좋지 않겄소. 젊었을 적에는 화나는 일도 많지만 나이 들어 생각해보면 조금 더 참았으면 됐을 것을 괜히 화를 내서 손해 봤다고 후회를 헌다니께. 이 할멈 말 듣고, 교감 선상님이 월급을 올려준다고 하면 그저 감사하다고 하고 받으랑께."

"쓸데없는 참견하지 마세요. 월급이 오르든 깎이든 제 월급이니까요."

할머니는 아무 말 않고 물러갔다. 할아버지는 태평스럽게 우타이를 부르고 있다. 우타이라고 하는 것은 읽으면 알 수 있는 것을 괜히 어려운 음을 붙여서 일부러 어렵게 만든 것이다. 저런 것을 매일 질리지도 않고 부르는 할아버지의 심정을 모르겠다.

지금 우타이 운운하고 있을 때가 아니다. 월급을 올려 준다기에 그다지 필요치 않았어도 남는 돈을 그냥 두는 것도 아깝다는 생각이 들어서 승낙했지만, 전근 가기 싫다는 사람을 억지로 전근시키고 그 사람의 월급에서 남은 돈으로 내 월급을 올려준다니……. 그런 인정머리 없는 짓이 어디 있는가. 당사자가 그냥 있고 싶다는데 노베오카까지 전근시킨다니 대체 무슨 꿍꿍이인가. 다자이부 차관(옛날 일본 규슈 지방에 있던 관청의 부관)조차도 하카타 근처에서 주저앉지 않았던가.

어쨌든 빨간 셔츠의 집으로 가서 월급 인상을 거절하고 와야 마음이 홀가분해질 것 같다.

2

두꺼운 하카마를 입고 빨간 셔츠의 집으로 다시 찾아
갔다. 커다란 현관 앞에 버티고 서서 "실례합니다." 하고
소리쳤더니 또 예의 남동생이 나왔다. 내 얼굴을 보더니
'또 왔나?' 하는 눈빛이다. 용무가 있으면 두세 번 올 수도
있지. 한밤중이라도 깨우지 말라는 법은 없다. 나를 교감
의 비위나 맞추러 온 사람이라고 오인한 것인가. 이래 봬
도 월급 인상을 거절하러 온 사람이다.

남동생이 지금 안에 손님이 와 있다고 했다. 그래서 현
관 앞에서라도 괜찮으니 잠깐 만나고 싶다고 했다. 그러
자 그 동생이 안으로 들어갔다. 발밑을 보니 돗자리 조각

을 댄 얄따란 고마게타(통나무를 깎아 만든 나막신)가 놓여 있었다.

안에서 "이제 만세군요." 하는 남자의 목소리가 들렸다. 누군가 했더니 손님은 바로 아첨꾼이었다. 아첨꾼이 아니고서야 저런 간지러운 소리를 내고 이런 기생이 신을 것 같은 게다를 신을 사람은 없다.

나는 그곳에서 한참 동안 서 있었다. 이윽고 빨간 셔츠가 램프를 들고 현관까지 나왔다.

"아, 어서 들어오게. 요시카와 군이 와 있다네."

"아니요, 여기서 충분합니다. 잠깐 얘기하면 될 일이에요."

그렇게 말하고 빨간 셔츠의 얼굴을 보니 얼굴이 붉은 것이 아첨꾼과 한잔한 모양이었다.

"조금 전에 저의 월급을 올려준다고 하셨는데, 생각이 바뀌어서 거절하러 왔습니다."

빨간 셔츠는 램프를 앞으로 내밀어 내 얼굴을 바라보더니 갑자기 할 말을 잃었는지 멍한 표정을 지었다. 월급 인상을 거절하는 녀석이 세상에 있다니 수상쩍어하는 것 같았다. 아까 막 돌아갔다가 금세 다시 와서 거절하는 것이 어이가 없었는지 아니면 둘 다인지 입을 묘하게 일그러뜨리고 서 있을 뿐이었다.

"제가 아까 승낙한 것은 고가 선생 자신이 원해서 전근 간다는 이야기여서……."

"고가 선생은 전적으로 자신이 원해서 전근 가는 걸세."

"그렇지 않습니다. 여기에 있고 싶어 합니다. 월급을 올려주지 않아도 좋으니 고향에 있고 싶어 합니다."

"자네가 고가 선생한테 들었나?"

"물론 당사자에게 들은 건 아닙니다."

"그렇다면 누구에게 들었나?"

"하숙집 할머니가 고가 선생의 어머니에게 들은 것을 오늘 저에게 전해주었습니다."

"그러니까 하숙집 할머니가 그렇게 말한 거네?"

"음, 그렇습니다."

"말이 조금 이상하군. 자네가 말한 대로라면 하숙집 할머니 말은 믿을 수 있지만 교감인 내 말은 못 믿겠다는 말로 들리는데, 그런 의미로 해석해도 될까?"

이 대목에서 나는 조금 난처해졌다. 역시 문학하는 인

간은 대단하다. 묘한 곳에서 말꼬리를 잡아 끈질기게 물고 늘어진다.

옛날부터 아버지는 내게 종종 이런 말씀을 하셨다.

"너는 너무 경솔해서 탈이다."

나는 정말 경솔한 인간인 모양이다. 하숙집 할멈의 말만 듣고 그런 일은 있을 수 없다고 흥분해서 달려왔는데, 끝물 호박이나 그의 어머니를 만나 자세한 사정 얘기를 들어볼 생각은 못 했다. 그러니까 이렇게 문학사적으로 말꼬리를 물어 따지고 공격해 오면 깨끗이 당할 수밖에 없는 것이다.

정면으로는 막아내기는 힘들었지만, 이미 나는 마음속으로 빨간 셔츠는 못 믿을 자라는 단정을 내려버렸다. 하숙집 할멈은 구두쇠임은 틀림없지만 거짓말은 하지 않는다. 빨간 셔츠처럼 겉과 속이 다른 사람이 아니다. 아무튼 난처해진 나는 이렇게 대답했다.

"교감 선생님의 말이 맞는지도 모르겠습니다만, 어쨌거나 월급 인상은 사양하겠습니다."

"그렇다면 무리하게 권하지는 않겠네. 지금 선생이 일

부러 다시 온 것은 월급 인상에 대한 불합리한 이유를 찾았기 때문인 것처럼 들렸는데, 그 이유가 지금 내 설명으로 사라졌음에도 불구하고 월급 인상을 거절하는 것은 아무래도 이해가 가질 않는군."

"이해가 가지 않을지도 모릅니다만 아무튼 거절하겠습니다."

"그렇게 싫다면 억지로 강요하지는 않겠지만, 고작 두세 시간 사이에 특별한 이유도 없이 태도가 변한다면 앞으로 자네를 어떻게 신용하겠나?"

"아무래도 상관없습니다."

"그렇지 않아. 인간에게 신용만큼 소중한 것은 없다네. 설사 지금 한발 양보해서 하숙집 할아버지가……."

"할아버지가 아니라 할머니입니다."

"어느 쪽이든 상관없지. 하숙집 할머니가 선생에게 한 말이 사실이라고 치더라도 선생의 월급을 올려주는 건 고가 선생의 월급에서 뺀 것이 아니네. 고가 선생은 노베오카로 가고 그의 후임이 오는데 그 후임자가 고가 선생보다 다소 적은 월급을 받게 되는 거라네. 그 남는 것을 선생에게 돌리는 것이니 선생은 누구에게도 미안해할 필요가 없어. 고가 선생은 노베오카로 지금보다 좋은 대우를 받고 가는 것이고 후임자는 고가 선생보다 적은 월급으로 오는 거야. 그래서 자네의 월급이 오르는 것이니 이보다 좋은 일이 어디에 있겠나? 싫다면 할 수 없지만 다시 한번 집으로 돌아가서 생각해보게."

나는 머리가 그다지 좋은 편이 아니라서 평소라면 상대가 이렇게 교묘한 말로 꾀면 "아, 그렇습니까. 그렇다면 제가 오해했군요." 하고 미안해하며 물러났겠지만 오늘밤은 그럴 수가 없었다.

빨간 셔츠는 처음 봤을 때부터 어쩐지 마음에 들지 않았다. 한때는 친절한 여자 같은 남자라고 호감을 느낀 적도 있지만 그것이 친절이 아닌 것 같아서 더 싫어졌다. 그래서 빨간 셔츠가 아무리 뛰어난 논리로 자신의 주장을 펼치든, 교감의 권위로 나를 꼼짝 못 하게 하든, 그런 것은 상관없다. 논리적인 사람이 선한 사람은 아니다. 꼼짝 못 하고 눌리는 쪽이 나쁜 사람도 아니다.

겉으로 보면 빨간 셔츠가 옳아 보이지만, 겉이 아무리

멋지다고 해도 사람의 마음을 움직일 수는 없다. 돈, 권력, 논리로 사람의 마음을 살 수 있다면 사람들이 고리대금업자, 경찰, 대학 교수 같은 사람들을 제일 좋아해야 할 것 아닌가. 중학교 교감 정도의 논법으로 어떻게 나의 마음을 움직이겠다는 건지. 사람은 좋고 싫은 것으로 움직이는 존재다. 논리만으로는 움직이지 않는 법이다.

"교감 선생님이 하는 말씀은 다 옳지만 저는 월급 인상이 싫으니 거절하겠습니다. 더 생각해봐도 결과는 마찬가지입니다. 안녕히 계십시오."

나는 할 말만 남기고 문을 나왔다. 머리 위에는 은하수 한 줄기가 밤의 어둠을 가로지르고 있었다.

3

끝물 호박의 송별회가 있던 날 아침, 학교에 갔더니 멧돼지가 갑자기 말을 걸었다.

"얼마 전에 이카긴이 와서 자네가 괴팍해서 곤란하니 나가 달라고 말해주라기에 진짜로 그런 줄 알고 자네에게 나가라고 했는데, 나중에 알고 보니 그 작자가 몹시 나쁜 놈이더군. 가짜 글씨나 그림에 가짜 낙관을 찍어서 강매한다고 하더라고. 자네에 대한 말도 다 꾸며낸 것이 틀림없네. 자네에게 족자나 골동품을 팔아 장사해볼 생각이었는데 자네가 상대해주지 않으니 그런 말도 안 되는 말을 지어내서 나를 속인 것이네. 내가 그 사람을 잘 알지도 못하면서 자네에게 대단한 실례를 저질렀네. 용서해주게."

나는 아무 말 없이 멧돼지 책상 위에 있던 1전 5리를 집어 나의 지갑 속에 넣었다.

"자네, 그건 왜 가져가는가?"

멧돼지가 수상하다는 듯이 물었다.

"그게 말입니다, 당신에게 얻어먹는 것이 싫어서 꼭 갚을 생각이었는데, 생각해보니 역시나 얻어먹는 편으로 해두는 것이 더 좋은 것 같아 가져가는 거예요."

멧돼지가 큰 소리로 하하하 웃으며 물었다.

"그러면 어째서 왜 진작 가져가지 않았나?"

"실은 가져가야지, 가져가야지 하면서도 왠지 지는 것 같아 그대로 두었습니다. 최근에는 학교에 나와 1전 5리를 보는 것이 고통스러울 정도였는걸요."

"자네도 어지간한 고집불통이군."

"그건 선생님도 마찬가지입니다. 여간 고집이 센 것이 아니더군요."

그 후, 우리 두 사람 사이에는 이런 대화가 오갔다.

"자네는 대체 고향이 어딘가?"

"에돗코입니다."

"음, 도쿄 토박이란 말이지. 어쩐지 고집불통에 억지가 세다 싶었네."

"당신은요?"

"나는 아이즈(후쿠시마현)네."

"아이즈 사람이라. 역시 그쪽 동네 고집도 만만치가 않지요. 그건 그렇고 오늘 송별회에는 갈 건가요?"

"당연히 가야지. 자네는?"

"저도 물론 가야지요. 고가 선생이 떠날 때는 항구까지 가서 전송할 생각입니다."

"송별회는 재미있을 걸세. 한번 참석해보게. 오늘은 실컷 마시고 마음껏 취하고 싶어."

"그럼 그렇게 하시죠. 저는 식사만 하고 돌아갈 생각입니다. 술을 진탕 마시는 사람들을 당최 이해할 수가 없거든요. 모두 바보가 아닌가 싶기도 하고."

"자네는 싸움 걸길 좋아하는 사람이로군. 과연 에돗코의 경박함이 그대로 드러나네."

"어쨌거나 송별회에 가기 전에 잠깐 제 하숙집에 들러

주시겠습니까? 긴히 할 이야기가 있습니다."

멧돼지는 약속대로 내가 묵고 있는 하숙집에 왔다. 나는 얼마 전부터 끝물 호박의 얼굴을 볼 때마다 가엾어서 견딜 수 없었는데 드디어 송별회 날이 되니 이루 말할 수 없이 서글퍼졌다. 할 수만 있다면 내가 대신 가주고 싶은 마음이 들었다. 그래서 송별회 석상에서나마 대대적인 송별사라도 하여 떠나는 길을 축복해주고 싶었다. 하지만 일을 주도할 재주가 없는 나는 무얼 어찌할 바를 몰라서 말주변이 좋은 멧돼지를 통해 빨간 셔츠에게 겁을 주고 싶었다. 그래서 일부러 멧돼지를 부른 것이다.

나는 우선 마돈나 사건부터 말을 꺼냈는데 멧돼지는 마돈나 사건에 대해서 나보다 더 자세히 알고 있었다. 내가 노제리 강둑 이야기를 하며 빨간 셔츠는 바보 같은 놈이라고 했더니 멧돼지가 말했다.

"자네는 누구에게나 바보라고 하는군. 오늘 학교에서는 나에게 바보라고 하지 않았나. 내가 진짜 바보라면 교감은 바보가 아니네. 나는 그 인간과 같은 부류가 아니기 때문이야."

"그렇다면 교감은 쓸개 빠진 인간입니다."

"음, 과연 그럴지도 모르지."

멧돼지는 그 말에 매우 흡족해했다. 멧돼지는 강하기는 하지만 이런 표현력은 나보다 한 수 아래다. 아무래도 아이즈 출신이라 그런지 모르겠다.

그런 후에 월급 인상 사건과 빨간 셔츠가 앞으로 중대한 책임을 맡기겠다고 하더라는 이야기를 그대로 옮겼다. 그랬더니 멧돼지는 흥 하고 콧방귀를 뀌며 말했다.

"그렇다면 나를 내쫓을 속셈이로군."

"선생님을 내쫓다니. 그럼 그대로 그만둘 생각인가요?"

"내가 가만히 앉아서 당할 것 같나? 내가 쫓겨난다면 교감도 무사하지 못할걸."

멧돼지는 으스대며 큰소리를 쳤다.

"어떻게 할 셈이지요?"라고 내가 물었더니, "그건 차차 생각해봐야지."라고 그가 대답했다. 멧돼지는 배포가 큰 것 같지만 지혜가 부족한 듯하다.

내가 월급 인상을 거절했다고 하자 그는 크게 기뻐하며 "과연 에돗코답다!"라고 칭찬을 아끼지 않았다.

"고가 선생이 그렇게 가기 싫어하는 걸 알았다면 왜 전근을 보류해줄 것을 요청하지 않았나요?"

"고가에게 이야기를 들었을 때는 이미 결정이 난 뒤였네. 교장에게 두 번, 교감에게 한 번, 가서 담판을 지어보려 했지만 어찌할 도리가 없었어."

그는 퍽 애석한 표정을 지으며 이렇게 덧붙였다.

"고가는 너무 사람이 좋아서 탈이야. 교감이 처음 그 이야기를 했을 때 그 자리에서 거절하든지 아니면 한번 생각해보겠다고 파하면 됐을 것을…… 교감의 교묘한 말에 속아 넘어가 그 자리에서 승낙해버렸으니 나중에 고가 선생의 어머니가 울며 매달려도, 내가 중간에서 애써보아도 아무런 소용이 없었네."

멧돼지는 몹시 안타까워했다.

"이번 사건의 진상은 전적으로 교감이 고가 선생을 멀리 보내고 마돈나를 손에 넣을 책략일 것입니다."

"물론이지. 그놈은 얌전한 얼굴로 흉계를 꾸미고는 남들이 무슨 말을 하면 달아날 길까지 마련해놓는 간사한 놈이니까. 그런 놈은 주먹맛을 봐야 정신을 차리지. 다른 방법이 없거든."

멧돼지는 그렇게 말하며 근육질의 팔을 걷어서 보여주었다.

"당신 팔은 꽤 세 보이는군요. 유도라도 했나요?"

그러자 그는 팔뚝에 힘을 주어 알통을 만들고는 "한번 만져보게."라고 하기에 손가락으로 만져보니 딱딱하기가 마치 굳은 콘크리트 덩어리 같았다.

나는 너무 감탄한 나머지 "그 정도의 팔뚝이라면 교감 같은 놈 대여섯 명은 한 방에 날려버리겠군요."라고 말했다. 그는 단번에 "물론이지!" 하며 팔을 굽혔다 폈기를 몇 번 반복했다. 그때마다 알통이 불끈불끈 솟아올랐다. 그 모습을 보고 있으니 나는 절로 기분이 좋아졌다.

그의 말에 의하면 종이 노끈 두 줄을 꼬아서 이 알통이 나온 곳에 두르고 힘을 줘서 팔을 굽히면 툭 하고 끊어진다고 한다.

"종이 노끈이라면 나도 할 수 있겠는걸요."

그랬더니 멧돼지는 어림도 없는 소리라면서 한번 해보라고 했다. 하지만 남들이 보는 앞에서 했다가 안 끊어지면 창피할 것 같아 다음번에 하기로 했다.

"선생님, 어떤가요? 오늘 밤 송별회에서 실컷 마신 뒤에 교감과 아첨꾼 미술 선생을 손 좀 봐주는 것이!"

내가 반농담으로 이렇게 권하자 멧돼지는 "글쎄……." 하고 잠깐 생각하더니 대답했다.

"오늘 밤은 아무래도 그만두는 게 낫겠어."

"어째서요?"

"오늘 밤은 고가 선생의 송별회가 아닌가. 고가 선생에게 폐가 될지도 모르네. 게다가 어차피 크게 한 방 먹여주려면 놈들이 나쁜 짓을 하는 현장을 덮쳐 그 자리에서 실컷 두들겨 패줘야지. 안 그랬다가는 우리 잘못이 될 수도 있네."

멧돼지가 제법 분별 있는 소리를 했다. 나보다는 멧돼지가 더 생각이 깊은 듯하다.

"그렇다면 고가 선생을 격려하는 송별사를 해주시죠. 나는 에돗코라 말투가 무게가 없으니까요. 게다가 중요한 곳에만 가면 갑자기 속이 답답하고 목에 커다란 덩어리가 올라와서 말이 안 나오니 당신에게 양보하겠습니다."

"별 희한한 병이 다 있군. 그러니까 많은 사람 앞에서는 말을 못 한다는 거군. 그거참 곤란하겠는걸."

"뭐 그렇게 곤란할 것까지야……."

4

그럭저럭 시간이 다 되어서 멧돼지와 함께 송별회 장소로 갔다. 송별회장은 이 지역 제일의 요리점 '가신테이'라는데 나는 한 번도 가본 적이 없다. 원래 가로(일본 에도 시대 장군 등의 가신에서 맨 위에 있는 사람)였던 사람의 저택을 사들여 그대로 개업했다는데, 그래서인지 과연 외관부터 으리으리했다. 가로의 집이 요리점이 된 것은 진바오리(일본 무사들이 갑옷 위에 입던 소매 없는 웃옷)를 고쳐 지어 도기(속옷과 겉옷 사이에 입는 방한용 속옷)로 만든 격이다.

두 사람이 도착했을 때는 올 사람들은 이미 와 있었고 다다미 50장 정도 되는 넓이의 연회장에 두세 군데 무리를 지어 앉아 있었다. 다다미 50장 정도 되는 연회장이니만큼 도코노마가 엄청 넓었다. 야마시로야에서 내가 차지했던 다다미 열다섯 장짜리 방의 도코노마와는 비교가 되지 않았다.

실제로 재보았더니 두 칸이었다. 오른쪽에는 빨간색 무늬가 있는 도자기 꽃병에 커다란 소나무 가지가 꽂혀 있었다. 소나무 가지를 꽂아서 뭘 하려는지 모르겠지만, 몇 달이 지나도 시들 염려가 없으니 돈이 들지 않아 좋을 것이다.

"저 세토모노(도자기)는 어디서 만들어진 겁니까?"

과학 교사에게 물었더니 "저건 세토모노가 아니라 이마리(이미리에서 만들어내는 도자기)입니다."라고 대답했다. 나는 이마리도 세토모노가 아니냐고 다시 물었다.

그러자 과학 선생은 헤헤헤 하고 웃었다. 나중에 들어보니 세토에서 만들어진 도자기이기 때문에 세토모노라고 한단다. 나는 에돗코이기 때문에 도자기는 모두 세토모노라고 하는 줄 알았다.

도코노마 한가운데에 커다란 족자가 걸려 있고, 거기에 내 얼굴만큼 커다란 글자가 스물여덟 자 적혀 있었다. 참으로 서투르게 쓴 글씨였다. 너무나 악필이어서 한자 선생에게 물었다.

"어째서 저렇게 서툰 글씨를 보란 듯이 걸어두는 걸까요?"

그랬더니 저것은 카이오쿠(에도 후기의 서예가. 에도 막부 말기의 삼대 명필 중 한 사람)라는 유명한 서예가가 쓴 것이라고 가르쳐주었다. 카이오쿤지 뭔지는 모르겠지만 나는 지금까지도 악필이라고 생각하고 있다.

이윽고 서기 가와무라가 "착석해주십시오."라고 하기에 나는 기대기 편한 기둥 있는 데로 가서 앉았다. 카이오쿠의 족자 앞에 너구리가 하오리와 하카마 차림으로 착석하자, 왼쪽에 같은 하오리와 하카마 차림의 빨간 셔츠가 자리를 잡았다.

오른쪽에는 오늘의 주인공이라는 명목하에 끝물 호박이 일본 전통의상 차림으로 자리했다. 나는 양복이어서 무릎 꿇는 것이 불편해서 책상다리로 바꿔 앉았다. 옆에 앉은 체육 교사는 검은 양복바지를 입고도 무릎을 꿇고 앉아 있다. 체육 교사인 만큼 상당한 수련을 쌓은 모양이다.

이윽고 음식이 나오고 술병이 늘어섰다. 간사가 일어서

서 개회사를 했다. 이어 너구리가 일어나 한마디하고 뒤이어 빨간 셔츠가 일어났다. 각각 송별사를 했는데 세 사람 모두 미리 짠 것처럼 끝물 호박은 좋은 교사이고 이번에 떠나게 돼서 참으로 애석하다, 학교뿐 아니라 개인적으로도 몹시 안타깝지만 일신상의 사정으로 간절히 전근을 희망하기에 어쩔 수 없었다는 내용의 말을 했다.

이런 거짓말을 늘어놓는 송별회를 열고도 조금도 부끄럽지 않은 모양이다. 특히 세 사람 중에서 빨간 셔츠가 끝물 호박을 가장 많이 칭찬했다. 이런 좋은 친구를 잃는 것은 실로 자신에게 있어서 커다란 불행이라고까지 말했다. 게다가 그 말투가 참으로 그럴듯하고 예의 상냥한 목소리로 한층 더 상냥하게 말하니 처음 듣는 사람은 누구라도 반드시 속아 넘어갈 것이 뻔했다. 마돈나도 아마 이런 수법으로 낚았을 것이다.

빨간 셔츠가 한창 송별사를 늘어놓고 있을 때였다. 앞에 앉아 있던 멧돼지가 내 얼굴을 보고 눈짓을 했다. 나는 대답으로 둘째손가락으로 아래 눈꺼풀을 끌어내려 보이며 웃긴다는 뜻의 응답을 해주었다.

빨간 셔츠가 착석하는 것을 기다렸다가 멧돼지가 벌떡 일어났다. 나는 기뻐서 나도 모르게 손뼉을 쳤다. 그러자 너구리를 비롯한 일동이 모두 나를 바라보았다. 멧돼지가 무슨 말을 할까 싶었는데 이렇게 말했다.

"조금 전에 교장 선생님을 비롯하여 몇 분이 고가 선생의 전근을 매우 애석해하셨는데 저는 반대로 고가 선생이 하루라도 빨리 이곳을 떠났으면 합니다. 노베오카는 멀리 떨어진 산골이라 이곳과 비교한다면 생활하기에 불편함이 따를 것입니다. 그러나 들은 바에 의하면 인심이 후해 살기 좋은 곳이라고 합니다. 교직원과 학생 모두 소박하고 정직한 사람들이고요. 마음에도 없는 칭찬을 늘어놓거나 점잖은 얼굴을 하고 군자를 골탕 먹이는 약아빠진 놈은 한 놈도 없을 테니 고가 선생처럼 선량하고 인정이 있는 사람은 반드시 그곳 사람들의 환영을 받을 것입니다. 따라서 우리는 이번 고가 선생의 전근을 축하합니다. 마지막으로 선생이 노베오카로 전근하면 그 지역의 숙녀 중에 선생에게 어울리는, 좋은 아내가 될 자격이 있는 여성을 선택하여 하루라도 빨리 원만한 가정을 꾸려 저 부정

하고 절개 없는 말괄량이 아가씨의 코를 납작하게 만들어
주기를 바랍니다."

멧돼지는 말을 마친 후 두 번 정도 헛기침을 하고 자리
에 앉았다. 나는 이번에도 손뼉을 치려다가 모두가 내 얼
굴을 쳐다보는 것이 싫어서 그만두었다.

멧돼지가 앉자 이번에는 끝물 호박이 일어났다. 선생은
자신의 자리에서 방 위쪽의 말석까지 가서 예의 바르게
일동에게 인사한 다음 이렇게 말했다.

"이번에 일신상의 사정으로 규슈(九州)로 전근하게 되
었습니다. 저를 위해 여러 선생님께서 이렇게 성대한 송
별회를 열어주시니 참으로 감사합니다. 특히 교장 선생님
을 비롯하여 교감 선생님, 그 외 선생님들의 송별사 참으
로 감사합니다. 마음에 깊이 새기겠습니다. 저는 이제 멀
리 떠나지만, 부디 종전과 같은 사랑과 관심을 부탁드립
니다."

그는 허리를 굽혀 인사한 후 자리로 돌아갔다.

끝물 호박은 끝을 알 수 없을 정도로 사람이 좋다. 자신
을 바보 취급하는 교장이나 교감에게 끝까지 공손하게 감

사 인사를 하다니. 게다가 형식적인 인사가 아니라 그의 모습, 말투, 표정을 보아 진심으로 감사하고 있는 것 같다. 이런 성인군자가 진지하게 감사의 말을 한다면 미안한 생각이 들어 얼굴이 빨개질 것도 같은데 그러기는커녕 너구리도 빨간 셔츠도 아무렇지 않게 듣고 있을 뿐이다.

인사말이 끝나자, 여기저기서 후루룩 쩝쩝 소리가 난다. 나도 소리를 내어 국을 마셨지만 맛없었다. 구치도리(술안주로 흔히 쓰이는 기본 요리의 하나)에 가마보코(어묵)가 놓여 있기는 하지만, 거무죽죽한 것이 실패한 지쿠와(으깬 생선살을 가는 대나 놋쇠 등 금속막대에 감듯이 발라서 굽거나 찐 식품) 요리 같았다. 생선회도 있었으나 너무 두꺼워서 참치 토막을 생으로 먹는 듯했다. 그런데도 옆에 있는 동료들은 맛있는지 게걸스럽게 먹고 있다. 아마 도쿄식 요리를 먹어본 적이 없는 모양이다.

그러는 사이에 데운 술을 넣은 술병이 빈번하게 오가더니 사방이 갑자기 떠들썩해졌다. 아첨꾼이 공손하게 교장 앞으로 나가 술잔을 받고 있었다. 얄미운 놈이다.

끝물 호박이 차례로 술을 따르고 받으며 한 바퀴 돌 모양이다. 끝물 호박이 내 앞으로 와서 "한 잔 주시겠습니까?"하고 정중하게 술을 청하기에 나는 다소 거북했지만 무릎 꿇고 한 잔 따라주었다.

"만난 지 얼마 되지도 않았는데 바로 헤어져 서운합니다. 언제 출발하십니까? 꼭 항구까지 배웅하러 나가겠습니다."

"아닙니다. 바쁘실 텐데 그럴 필요 없습니다."

끝물 호박이 뭐라고 하든 나는 학교를 쉬고라도 배웅하러 갈 작정이었다. 그리고 1시간 정도 지나자 술이 거나하게 취한 사람들로 자리가 상당히 어지러워졌다.

"자, 한잔하시지요. 아니, 내가 마시라고 하는데……" 등혀 꼬부라진 소리를 내는 자가 하나둘 나오기 시작했다. 조금 지루해졌기 때문에 변소에 갔다가 별빛이 비치는 고전풍의 정원을 바라보고 있었다. 그때 멧돼지가 왔다.

"어땠어? 아까 연설, 잘했지?"

그가 우쭐해하며 말했다.

"굉장히 좋았습니다. 한데 마음에 들지 않는 부분이 한군데 있더군요."

내가 항의하자 그가 물었다.

"어디가 마음에 안 들었다는 거야?"

"마음에도 없는 칭찬을 늘어놓거나 점잖은 얼굴을 하고 군자를 골탕 먹이는 약아빠진 놈은 한 놈도 없을 테니……라고 하지 않았나요?"

"했네."

"그런데 '약아빠진 놈'만으로는 부족하다는 생각이 들었습니다."

"그럼 뭐라고 하지?"

"약아빠진 놈, 사기꾼, 협잡꾼, 양의 탈을 쓴 늑대, 야바위꾼, 괴물, 앞잡이, 개자식 등등 이렇게 말했어야……."

"나는 그렇게 혀가 잘 돌아가지는 않네. 그러고 보니 자네는 말을 잘하는군. 단어를 많이 알고 있는 것 같아. 그런데도 사람들 앞에 서면 말을 못 하는 게 신기하군."

"글쎄요, 실은 이건 말이에요. 싸울 때 사용할 요량으로 미리 생각해둔 말입니다. 갑작스레 사람들 앞에서 말을 이렇게 잘하진 못하지요."

"그래? 정말 그런 말은 술술 잘도 나오는데? 어디 다시 한번 해보게."

"몇 번이라도 할 수 있습니다. 잘 들어보시죠. 약아빠진 놈, 사기꾼, 협잡꾼……."

이렇게 말하고 있는데 쿵쾅쿵쾅 툇마루를 울리며 두 사람 정도가 비틀거리며 나왔다.

"두 사람 너무하는군. 도망치려 하다니. 내가 있는 한 절대로 도망치지 못할 것이네. 자, 마시자고. 뭐? 사기꾼, 협잡꾼? 재미있군. 자, 어서 마시자고."

그러면서 나와 멧돼지를 방으로 잡아끌었다.

사실 이 두 사람은 함께 변소에 가던 중이었는데 너무 취한 탓에 볼일 보는 것을 잊고 우리를 잡고 시비를 거는 것 같았다. 아무래도 술 취한 자들은 눈에 보이는 일만 하고 전에 하려는 일은 금방 잊어버리는 모양이다.

"자, 여러분, 협잡꾼들을 끌고 왔소. 모두 술을 따라주시오. 협잡꾼들의 코가 비틀어질 때까지 먹입시다. 자네들, 달아나서는 안 되네."

그러면서 도망가지도 않는 나를 벽 쪽으로 밀어붙였다. 여기저기 둘러보니 상 위에는 제대로 된 안주가 하나도 없었다. 제 몫을 다 먹고 남의 상까지 원정을 나가 있는 놈도 있다. 교장은 언제 갔는지 모습이 보이지 않았다.

그때 갑자기 "이쪽인가요?" 하며 게이샤 서너 명이 들어왔다. 나도 조금 놀랐지만 벽 쪽에 떠밀려 있었기 때문에 가만히 보고만 있었다.

그러자 지금까지 도코노마 기둥에 기대앉아 예의 호박 파이프를 뽐내듯이 물고 있던 빨간 셔츠가 갑자기 일어나더니 방에서 나가려고 했다. 순간 맞은편에서 들어온 게이샤 한 명이 지나가면서 웃으며 인사를 했다. 그 여자는 그중에서 가장 젊고 예뻤다.

멀어서 들리지 않았지만 "어머, 안녕하세요."라고 말한 것 같았다. 빨간 셔츠는 모르는 척하고 나간 뒤 사라졌다. 아마도 교장의 뒤를 따라 돌아간 모양이다.

게이샤들이 들어오자 갑자기 술자리가 흥겨워졌다. 일동이 함성을 지르며 환영이라도 한 것처럼 떠들썩해졌다. 어떤 놈은 먹국(주먹 속에 쥔 작은 돌이 콩의 숫자를 알아맞히는 놀이)을 하기도 했다. 그런데 그 목소리가 어찌나 큰지 마치 앉은 자세에서 잽싸게 칼을 뽑아 적을 치는 약장수의 무술을 연습하고 있는 듯했다.

저쪽 구석에서는 "이봐, 술 따라." 하며 술병을 흔들어 보더니 "술 가져와, 술!"이라고 했다. 참으로 왁자지껄 시끄러워서 견딜 수가 없었다.

그러는 중에 할 일 없이 무료하게 고개를 숙이고 생각에 잠겨 있는 사람은 끝물 호박뿐이었다. 그를 위해서 송별회를 연 것은 그가 학교를 옮기는 게 아쉬워서가 아니다. 모두 술을 마시고 즐기기 위해서다. 그런데 그는 자기 혼자만 무료해하고 괴로워하는 것이다. 이런 송별회라면 열어주지 않는 편이 훨씬 나을 것이다.

얼마쯤 지나니 제각기 탁한 목소리로 노래를 부르기 시작했다. 내 앞에 나온 한 게이샤가 "선생님, 한 곡 부르시지요."라며 샤미센(일본 고유 현악기의 하나로 세 개의 줄이 있음)을 타려고 하기에 나는 "노래는 부르지 않아. 당신이 한번 불러 봐."라고 말했다.

그랬더니 징과 북을 가지고 반주에 맞춰 "길 잃은 산타로야 둥둥, 징징, 두드리며 돌아다니다가 만날 수만 있다면 나 같은 신세라도 징이나 북을 둥둥, 징징 두드리며 돌아다니다가 만나고 싶은 사람이 있건만." 하고 한숨에 노래 부르고는 "아, 힘들다."라고 했다. 그렇게 힘들 것 같으면 조금 더 편한 노래를 부르면 좋았을 것을 하는 생각이 들었다.

그때 어느 틈에 옆에 와서 앉은 아첨꾼이 "스즈짱, 보고 싶은 사람을 만나나 했더니 바로 돌아가다니 안되셨소." 하며 만담가 같이 말했다.

그러자 게이샤가 "몰라요." 하고 새침을 떨었다. 아첨꾼은 개의치 않고 "우연히 만나긴 했지만……" 하고 불쾌한 목소리로 기다유(샤미센에 맞춰서 부르는 곡 이름)의 흉내를 냈다. 그리고 게이샤가 그만하라며 아첨꾼의 무릎을 치자 아첨꾼은 몹시 기뻐하며 웃었다. 이 게이샤는 빨간 셔츠와 인사를 나눈 여자다. 게이샤에게 얻어맞고 웃다니 아첨꾼도 우둔한 놈이다.

그는 게이샤에게 "스즈짱, 내가 기노쿠니(샤미센에 맞추어 추는 일본 민속 춤의 하나) 춤을 출 테니 샤미센을 좀 쳐줘."라고 말했다. 아첨꾼은 이제 춤까지 출 모양이었다.

맞은편에서는 나이 많은 한문 선생이 치아가 없는 입을 일그러뜨리고 "안 들려요, 덴베 씨, 당신과 나 사이는……."까지 부른 후 "그다음은?" 하고 게이샤에게 물었다. 노인이어서 기억력이 나쁜 모양이었다.

게이샤 한 명이 과학 선생을 붙잡고 "최근에 이런 것이 나왔어요. 한번 쳐볼 테니 잘 들어보세요." 하고는 "가게쓰마키(일본 에도 시대에 유행했던 헤어스타일), 하얀 리본을 단 서양식 머리, 타는 것은 자전거, 연주하는 것은 바이올린, 어설픈 영어로 주워섬기며, I am glad to see you."라고 노래를 하자 과학 선생은 "과연 재미있군. 영어도 섞여 있고 말이야." 하고 감탄했다.

멧돼지는 쓸데없이 큰 소리로 "게이샤, 게이샤." 부르더니, "내가 칼춤을 출 테니 샤미센을 연주해."라고 지시했다. 게이샤는 지나치게 큰 소리에 어이가 없는지 대꾸조차 하지 않았다. 그러건 말건 멧돼지는 지팡이를 가지고 와서 "답파천산만악연(踏破千山萬岳烟)"(사이토 겐모즈가 지은 한시의 한 구절)이라고 한시를 읊어 숨은 재주를 보였다.

그때 아첨꾼이 기노쿠니를 끝내고 갓포레 춤(갓뽀레, 갓뽀레 하고 소리치며 명랑하게 추는 춤)도 끝내고 속요 '선반 위의 달마'도 끝내고 알몸에 폭이 좁은 훈도시 하나만 찬

228

채 종려나무로 만든 빗자루를 옆에 끼고는 "청일 담판 결렬되어……." 하는 노래를 부르며 연회장 한가운데를 걷기 시작했다. 그야말로 미치광이 같았다.

나는 아까부터 괴로운 듯 하카마도 벗지 않고 앉아 있는 끝물 호박이 딱해 보여서 견딜 수가 없었다. 아무리 자신의 송별회라지만 홀딱 벗은 채 폭이 좁은 훈도시 하나만 차고 추는 춤을 참으며 보고 있을 필요는 없다. 그래서 나는 그의 옆으로 가서 권했다.

"고가 선생, 이제 돌아갑시다."

그러자 끝물 호박이 말했다.

"오늘은 저의 송별회인데 어찌 제가 먼저 돌아가겠습니까. 저는 괜찮으니 어서 가세요."라며 움직이려 하지 않는다.

"그런 거 상관할 것 없어요. 송별회라면 송별회다워야 하는 거 아닙니까. 저 꼴을 좀 보십시오. 미치광이들의 모임입니다. 자, 갑시다."

나는 내키지 않아 하는 끝물 호박을 무리하게 권하여 연회장을 나가려고 했다. 그런데 그때 아첨꾼이 빗자루를 휘두르며 다가와서는 "야, 주인공이 먼저 돌아가는 법이 어디 있어. 청일 담판이다. 아무 데도 못 간다!"라며 빗자루로 앞을 막았다.

아까부터 화가 나 있던 나는 "청일 담판이라니 그러면 네 놈은 되놈이냐." 하고 주먹으로 아첨꾼의 머리통을 쳤다. 아첨꾼은 2, 3초 동안 독기가 빠진 듯 멍하니 서 있었다.

그러다가는 "뭐야, 너무 하잖아. 나를 때리다니. 이 요시카와를 때리다니 놀랍군. 이젠 진짜 청일 담판이다!"라며 헛소리를 늘어놓았다.

소동이 일어난 것을 눈치챈 멧돼지가 칼춤을 멈추고 달려왔다가 이 꼬락서니를 보고 갑자기 아첨꾼의 멱살을 잡고 끌어냈다.

"청일…… 아프다. 아퍼. 폭력을 쓰다니." 하고 아첨꾼이 뿌리치려고 버둥거리는 찰나 멧돼지가 비틀어 틀었더니 쿵 하고 쓰러졌다.

그 뒤에는 어떻게 됐는지 모른다. 도중에 끝물 호박과 헤어져 집에 돌아오니 어느새 밤 11시가 지나 있었다.

5

그날은 러일전쟁 승전 기념일이라 수업이 없었다. 연병장에서 기념식이 있다고 해서 너구리는 학생들을 인솔하여 참석해야 했다. 나도 교원의 한 사람으로 함께 갔다.

거리로 나오니 온통 일장기투성이라 눈부실 지경이었다. 학교의 학생들이 800명이나 되었기 때문에 체육 교사가 대오를 정돈하여 한 반, 한 반 사이에 간격을 두고 교원을 한두 사람 세워 감독하게 했다. 잘 통제될 것 같이 보이지만 실제로는 여간 정신없는 것이 아니었다.

왜냐하면 학생들은 어린 데다가 건방지기가 이를 데 없었기 때문이다. 이를테면 규율을 어기지 않으면 학생의 체면이 서지 않는 것처럼 구는 녀석들이라 교원이 여러 명 따라가도 아무 소용이 없었다. 명령이 떨어지기도 전에 마음대로 군가를 불러대지 않나, 군가를 멈추면 아무이유 없이 "와아!" 하고 함성을 지르기도 하는 모습이 마치 정신이 나간 채로 거리를 휩쓸고 지나가고 있는 것 같았다. 군가도 부르지 않고 함성도 지르지 않을 때는 와자지껄 떠들어댔다. 떠들지 않아도 걸을 수 있을 텐데, 일본인은 모두 입부터 태어났는지 아무리 잔소리를 해도 듣지 않는다.

떠드는 것도 그냥 떠드는 것이 아니라, 교사들의 험담을 하니 최악이다. 나는 숙직 사건으로 학생들의 사과를 받은 후 '이것으로 좀 나아지겠지.' 하고 생각했다. 그러나 실제는 전혀 그렇지 않았다. 하숙집 할멈의 말투를 빌리면 "선상님은, 아무것도 모른당께요."랄까.

학생들의 사과는 진심으로 반성해서 한 것이 아니라 교장의 지시에 따라 형식적으로 머리를 조아린 것뿐이다. 장사치들이 굽실굽실하며 교활한 짓을 하는 것처럼 학생들도 사과는 했어도 장난은 결코 그만두지 않았다.

곰곰이 생각해보면 이 세상은 이런 학생 같은 인간들로 이루어져 있는지 모른다. 사람이 사과하거나 용서를 비는 것을 진심으로 받아들여 용서하는 것은 지나치게 정직한 바보라 할 것이다. 사죄하는 것도 하는 척만 하는 것이라면 용서하는 것도 하는 척만 해도 될 것이다. 만약 진정한 사과를 받을 생각이라면 진정으로 후회할 때까지 두들겨 패는 수밖에 없다.

내가 반과 반 사이에 들어가자 덴푸라니, 경단이니 하는 소리가 끊임없이 들려왔다. 게다가 여럿이 하는 소리라 누가 말하는지도 알 수 없다. 혹시 안다고 해도 분명히 이렇게 둘러댈 것이 뻔했다.

"선생님을 덴푸라라고 한 적 없는데요. 경단이라고 한 적도 없습니다. 그건 선생님이 너무 민감해서 그렇게 들린 것뿐입니다."

이런 비열한 근성은 막부시대부터 이 지방에서 길러진 것일 테니 아무리 타이르고 가르쳐도 도저히 고쳐지지 않을 것이다. 이런 곳에 1년 정도만 있으면 멀쩡한 나도 이런 흉내를 내게 될지도 모른다. 하지만 상대가 교묘히 피할 수 있는 수단으로 나의 얼굴에 먹칠하도록 놔둘 수는 없다.

상대가 사람이라면 나도 사람이다. 학생이라고 해도 몸집은 나보다 크다. 따라서 교사의 권위로 벌을 줘서 어떻게든 보복하지 않으면 이쪽 체면이 서지 않는다. 그런데 이쪽에서 앙갚음하더라도 예전처럼 보통 방법으로 했다가는 상대방에게 역공을 당할 수 있다.

"네놈들이 잘못해서 그러는 것이다."라고 말한다면 처음부터 달아날 길을 만들어놓는 놈들이니 막힘없이 변명을 늘어놓을 것이다. 변명을 늘어놓은 후 자신들의 겉모습만 번지르르하게 꾸민 후 이쪽의 결점을 공격해 들어올 것이다.

처음부터 보복으로 시작된 일이므로 이쪽의 주장은 저들의 잘못이 분명히 드러나지 않은 이상 먹히지 않을 것이다. 즉, 잘못은 저쪽이 먼저 해놓고 다른 사람들 눈에는 내가 싸움을 건 것처럼 보일 것이다. 이런 불이익이 어디 있단 말인가.

그렇다고 저쪽에서 하는 대로 가만둔다면 학생들은 더

욱더 심한 장난을 칠 것이 뻔하니 세상을 위해서도 그냥 두어서는 안 된다. 이쪽에서도 상대방의 수법을 사용하여 상대방이 손을 쓸 수 없도록 앙갚음해야 한다. 그렇게 되면 에돗코도 끝이로구나. 끝이지만 1년 정도를 이렇게 당할 바에는 나도 인간이니 끝이건 뭐건 그렇게 해서라도 처리해야 한다.

그때는 하루빨리 도쿄로 돌아가서 기요 할멈과 함께 사는 것이 제일이다. 이런 시골에 오래 있다가는 사람이 타락할 것 같다. 신문 배달을 하더라도 이렇게까지 타락하는 것보다 나을 것이다.

이런 생각을 하면서 싫지만 어쩔 수 없이 따라가는 데 무슨 일인지 앞쪽이 갑자기 시끌시끌해졌다. 그와 동시에 행렬이 딱 멈췄다. 이상해서 행렬의 오른쪽으로 빠져나와 앞쪽을 보니 맞은편에는 오테마치가 보이고 야쿠시마로 가는 모퉁이에서 정체되어 서로 밀치락달치락하고 있다.

앞쪽에서 "조용히, 조용히!" 하며 목이 쉬도록 소리를 지르고 있는 체육 교사에게 무슨 일이냐고 물었더니, 구부러지는 모퉁이에서 중학교와 사범학교 학생들이 충돌

했다는 것이다.

중학교와 사범학교는 어느 지역에서건 개와 원숭이처럼 앙숙 관계여서 걸핏하면 싸운다고 한다. 이유는 모르지만 기풍이 전혀 달랐다. 아마도 좁은 시골이다 보니 심심풀이 삼아 한 번씩 붙어보는 것이 아닐까. 나는 싸움 구경을 좋아하는 편이어서 충돌이라는 말을 듣고 반은 재미삼아 앞으로 달려갔다.

앞에 있는 녀석들이 계속해서 "지방세(사범학교에 대한 혐담. 사범학교는 지방세의 보조를 받아 운영했다) 주제에, 물러서!"라고 소리치고 있었다. 뒤에서는 "밀어, 밀어라!"라고 외치고 있었다.

내가 학생들 사이를 비집고 앞으로 나가 모퉁이 쪽으로 나가려는데 "앞으로!" 하는 높고 날카로운 호령 소리가 들리는가 싶더니 사범학교 학생들이 엄숙하게 전진을 시작했다. 서로 먼저 가겠다고 다투던 충돌은 타협이 된 것이 틀림없었다. 그렇지만 그것은 결국 중학교가 한발 양보한 것이다. 자격으로 치자면 사범학교가 위라고 한다.

기념식은 몹시 간단했다. 군대의 여단장이 축사를 읽고

지사가 축사를 읽었다. 참석한 사람들이 만세를 불렀다. 그것으로 끝이었다. 여흥은 오후에 있다고 하여 일단 하숙집으로 돌아가 저번부터 마음에 걸렸던 기요 할멈의 편지에 답장을 쓰기 시작했다.

이번에는 조금 더 자세히 써 달라고 부탁했기 때문에 가능한 한 정성 들여 쓰려고 했다. 하지만 편지를 쓰기 위해 막상 두루마리를 펼치자, 쓰고 싶은 말은 많은데 어디서부터 써야 할지 막막했다.

'이렇게 쓸까, 아니 그렇게 쓰는 건 너무 귀찮아. 이렇게 쓰면 어떨까, 아니야, 그건 너무 싱거워. 뭔가 힘들지 않게 머릿속에서 술술 나오면서 기요가 재미있어할 만한 사연은 없을까.'

그러나 아무리 생각해봐도 그런 사건은 하나도 없었다. 나는 먹을 갈아 붓에 먹물을 적시고 두루마리를 노려보았다. 다시 편지지를 노려보고 붓에 먹물을 적시고 먹을 갈고……. 같은 동작을 몇 번이나 반복하다가 도저히 편지를 쓸 수 없을 것 같아 포기하고 벼루 뚜껑을 덮어버렸다. 편지 따위를 쓰는 것은 귀찮은 일이다. 역시 도쿄에 올라가 직접 만나 이야기하는 편이 간단하다. 기요 할멈이 걱정하고 있는 것도 모르는 바 아니지만, 기요 할멈이 주문한 대로 편지를 쓰는 것은 21일간 단식하는 것보다 더 고통스럽다.

6

나는 붓과 두루마리를 내던지고 벌러덩 누워 팔베개하고 마당을 바라보았다. 역시 기요 할멈이 마음에 걸렸다.

그때 나는 이렇게 생각했다. 이렇게 멀리까지 와서 기요 할멈을 걱정하는 것만으로도 내 진심이 기요 할멈에게 전해질 거다. 통하기만 한다면 편지 따위를 보낼 필요가 없다. 보내지 않으면 아무 일 없이 지내고 있나 보다 할 것이다. 편지란 죽을 때나 병에 걸렸을 때 뭔가 사건이 터졌을 때 보내면 될 것이다.

마당은 열 평 정도 되는 평평한 땅이었는데 이렇다 할 나무가 없었다. 다만 귤나무가 한 그루 덩그러니 서 있었는데 담 너머에서 봐도 눈에 띌 정도로 키가 컸다. 나는 하숙집으로 돌아오면 언제나 이 귤나무를 바라보았다. 도쿄를 떠나본 적이 없던 내 눈에는 귤이 열려 있는 모습이 상당히 신기해 보였다. 저 초록색 열매가 점점 익어 노랗게 될 텐데 그때는 꽤 예쁠 것이다. 지금도 벌써 반 정도 색이 변한 것도 있다.

하숙집 할멈에게 물어보니 수분이 매우 많은 맛있는 귤이라고 한다.

"귤이 익으면 실컷 잡수세요."라고 했으니 매일 조금씩 먹어야겠다. 이제 3주일 정도만 지나면 충분히 먹을 수 있을 것이다. 설마 3주 안에 여기를 떠날 일은 생기지 않겠지.

내가 귤에 대해 생각하고 있는데 마침 멧돼지가 할 말이 있다며 찾아왔다.

"오늘은 승전 기념일이라 자네와 같이 맛있는 것을 먹을 생각으로 쇠고기를 사왔네."

멧돼지는 대나무 잎에 싼 꾸러미를 소매에서 꺼내 방 한가운데에 내려놓으며 말했다. 나는 하숙집에서 감자와 두부 공세로 고문을 당하고 국수 가게와 경단 가게 근처에는 얼씬도 못 하고 있었으므로 기뻤고 즉시 할머니에게 냄비와 설탕을 빌려와서 끓이기 시작했다. 멧돼지는 고기를 볼이 미어터지도록 입에 넣고 씹으며 내게 물었다.

"자네는 빨간 셔츠와 게이샤가 친한 사이라는 것을 알고 있는가?"

"알고 있고말고요. 며칠 전 끝물 호박 송별회 때 왔던 게이샤 중 한 명이지요?"

"그렇다네. 나는 요즘 들어 겨우 눈치챘는데 자네는 상당히 눈치가 빠르군. 그 작자는 입만 열었다 하면 반드시 품성이니, 정신적 오락이니 운운하면서 뒤에서는 게이샤와 관계를 맺고 있는 괘씸한 놈이야. 다른 사람이 노는 것을 너그럽게 인정하는 것도 아니고. 자네가 메밀국수 가게에 가거나 경단 가게에 드나드는 것조차 학생들 단속에 방해된다며 교장의 입을 빌려 주의를 주지 않았나."

"그랬지요. 그놈의 사고방식으로는 돈으로 게이샤를 사는 것은 정신적 즐거움이고 덴푸라 메밀국수와 경단은 물질적 오락이라고 여기는 모양이군요. 뭐, 정신적인 오락을 즐기려면 터놓고 할 일이지 그게 무슨 꼴이람. 단골 게이샤가 들어오니까 자리에서 일어나 도망가는 꼴이라니. 끝까지 사람을 속이려는 것 같아 괘씸한 생각이 든다니까요. 남이 공격하면 나는 모르는 일이라는 둥 러시아 문학이라는 둥 하이쿠는 신체시와 형제 같은 사이라는 둥 사람을 혼란스럽게 만들고 말이에요. 그런 겁쟁이는 남자도 아니지요. 옛날 무사 집의 하녀가 다시 환생한 것일지도 모르지요. 어쩌면 녀석의 아버지는 유지마의 남창이었는지도!"

"유지마의 남창이 뭔데?"

"뭐긴 뭐겠어요. 남자답지 못하다는 말입니다. 저기, 그 부분은 아직 안 익어서, 그런 걸 먹으면 촌충이 생겨요."

"그래? 뭐 괜찮을 걸세. 그건 그렇고 교감은 남의 눈을 피해 온천 마을의 가도야(角屋)에 가서 게이샤를 만나는 모양이야."

"가도야라면 바로 그 여관 말인가요?"

"여관 겸 요릿집이네. 그러니까 녀석의 코를 납작하게 만드는 방법은 그놈이 게이샤를 데리고 그리로 들어가는 현장을 잡아서 그 자리에서 단단히 망신을 주는 거야."

"현장을 잡는다면? 그럼 밤새워 지켜보기라도 하겠다는 말인가요?"

"그렇다네, 가도야 앞에 마스야라는 여관이 있지 않나. 그 여관 2층을 빌려서 장지문에 구멍을 뚫고 지켜보면 된다네."

"우리가 망을 보는 동안 과연 그놈이 올까요?"

"오겠지. 어차피 하룻밤 가지고는 안 될 걸세. 2주일 정도는 지켜봐야 할 거야."

"무척 힘든 일이 되겠군요. 제 아버지가 돌아가시기 전에 일주일 정도 밤새워 간호한 적이 있는데 나중에는 정신이 멍해져서 많이 힘들었습니다."

"몸이 좀 힘든 거야 큰 문제가 아니야. 그런 간사한 인간을 그대로 두는 것은 나라에 득 될 것이 없으니 내가 하늘을 대신해서 벌을 내리겠네."

"그런데 오늘 밤부터 지켜볼 생각인가요?"

"아직 마스야에 방을 빌리지 않았으니 오늘 밤은 어려울 것 같네."

"그럼, 언제 시작할 생각인가요?"

"조만간 할 거야. 어쨌거나 자네에게 보고할 테니 그때 가세해주게."

"좋습니다. 언제든지 가세하겠습니다. 저는 계획을 세우는 일은 서툴러도 싸움은 꽤 하는 편이니까요."

나와 멧돼지가 빨간 셔츠 퇴치 작전을 세우고 있는데 하숙집 할머니가 와서 말했다.

"한 학상이 홋타 선상님을 뵙고 싶다며 왔는디요. 선상님 댁으로 갔는디 안 기셔서 아마도 여기 기신 게 아닌가 혀서 왔다고 말한당께요."

할머니는 문 앞에 무릎을 꿇고 앉아 멧돼지의 대답을 기다리고 있었다.

"아, 그렇습니까?" 하고 멧돼지가 현관까지 나갔으나 곧 돌아와서 "학생 하나가 승전기념일 여흥을 보러 가지 않겠냐고 부르러 왔네. 오늘 고치에서 춤꾼들이 무슨 춤인가를 보여준다고 하는데 좀처럼 보기 힘든 꿈이니 꼭 구경하라고 하는군. 자네도 같이 가세."

멧돼지는 몹시 들떠서 내게도 같이 가자고 권했다. 나는 춤이라면 도쿄에서 많이 봤다. 매년 하치반사마 제사

(신에게 올리는 제사의 하나) 때는 가설무대를 설치하여 마을을 돌며 공연했기 때문에 시오쿠미(일본 전통 연극의 일종)든 뭐든 다 알고 있다.

그래서 촌구석의 엉터리 춤 따위 보고 싶지 않았지만 모처럼 멧돼지가 권하는 바람에 한번 가보고 싶은 마음이 생겨 따라나섰다. 그런데 멧돼지를 부르러 온 학생이 누군가 했더니 빨간 셔츠의 동생이었다. 그것참 묘한 녀석이 왔구나 싶었다.

7

공연장에 들어서니 에코인 스모나 혼몬지(도쿄에 있는
절 이름)의 법회 때처럼 몇 폭이나 되는 긴 깃발들이 여기
저기에 꽂혀 있었다. 세계 각국의 국기를 전부 빌려오기
라도 한 듯 줄줄이 걸어놓아서 넓은 하늘이 전에 없이 화
려하게 보였다.

동쪽 구석에 가설무대를 설치하고 여기에서 소위 고치
의 무슨 춤을 춘다는 것이다. 무대 오른쪽으로 50미터쯤
돌아가니 갈대밭을 두른 곳에 꽂꽂이한 꽃들이 진열되어
있다. 모두 감탄하며 보고 있지만 그야말로 별 볼 일 없는
것들이다. 저렇게 풀과 대나무를 꼬부려놓고 기뻐할 것이

라면 차라리 꼽추 정부(情夫)나 절름발이 서방을 자랑하
는 것이 나을 것이다.

무대의 반대쪽에서는 불꽃이 계속 터지고 있었다. 불
꽃 가운데로 풍선이 떠올랐다. '제국 만세'라고 쓰여 있다.
그것은 덴슈가쿠의 소나무 위를 훨훨 날아서 병영 안으로
떨어졌다.

그다음엔 펑 하는 소리와 함께 검은 공 같은 것이 가을
하늘을 꿰뚫듯 올라가더니 내 머리 위에서 탁 터졌다. 푸
른 연기가 우산살처럼 줄줄이 공중으로 흩어졌다. 풍선이
또 올라갔다.

이번에는 붉은 바탕에 하얀 글씨로 '육해군 만세'라고
쓰여 있었다. 이 풍선은 바람을 타고 온천 마을에서 아이
오이 쪽으로 날아갔다. 아마 관음을 모신 절 안으로 떨어
졌을 것이다.

식을 진행할 때는 그렇지 않았는데 이번에는 사람이 엄
청나게 많이 모여들었다. 시골에도 이렇게 많은 사람이 있
었나 싶어 놀랄 만큼 인파로 붐볐다. 똑똑해 보이는 얼굴
은 별로 볼 수 없었지만 무시할 수 없을 정도의 숫자였다.

이윽고 유명한 고지의 춤이 시작되었다. 춤이라고 하기에 후지마(일본 무용 유파의 하나)나 뭐 그런 춤이겠거니 하고 지레짐작했는데 막상 보니 영 딴판이었다.

절도 있게 머릿수건을 뒤로 동여매고 바짓가랑이를 졸라맨 하카마 차림의 남자들이 10명씩 무대 위에 세 줄로 늘어서 있었다. 30명이 하나같이 칼집에서 칼을 빼 들고 있는 것을 보고 나는 소스라치게 놀랐다.

앞줄과 뒷줄의 사이의 간격은 45센티미터 정도였다. 좌우의 간격은 그것보다 더 좁았으면 좁았지 넓지는 않았다. 단 한 명만이 줄에서 벗어나 무대 끝에 서 있었다. 무리에서 따로 떨어진 이 남자는 하카마를 입고 있었지만 머릿수건은 두르고 있지 않았고 칼 대신 가슴팍에 북을 걸고 있었다. 다이카구라(에도 시대에 즐기던 잡예의 일종으로 사자춤 접시돌리기 곡예 등이 있음)와 같은 것이었다.

그 남자가 이윽고 "이야아, 하아아." 하고 늘어지는 목소리로 묘한 노래를 부르며 북을 '둥둥, 둥둥' 쳤다. 노랫가락은 전대미문의 신기한 것이었다. 미카와만자이(재미있는 만담이나 축하의 말을 노래한 것)와 후다라쿠(관음보살의

큰 덕을 찬미하는 사람으로 돌아다니며 팁을 받음)를 합친 것
같았다.

노랫가락으로 여름날의 엿가락처럼 늘어졌지만 둥둥
북을 쳐서 매듭을 지으니 그런대로 박자가 맞았다. 이 장
단에 맞춰 30명이 날이 선 칼을 들고 번쩍거리며 칼을 휘
두르는데 손놀림이 매우 빨라서 보는 것만으로 등골이 오
싹했다. 앞에도 뒤에도 45센티미터 안에 살아있는 인간이
있고 그 인간이 또 위험한 칼을 휘두르고 있으니 박자가
엇갈리면 서로에게 상처를 입히기 십상이었다.

게다가 움직이지 않고 칼만 앞뒤, 위아래로 휘두르는
것이라면 별문제가 없겠지만 30명이 한꺼번에 옆을 향할
때도 있고 휙 돌 때도 있다. 옆에 있는 사람이 1초라도 빠
르거나 늦는다면 코가 떨어져 나갈지도 모르고 옆 사람의
머리를 벨지도 모른다.

칼날의 움직임은 자유자재이지만 그 움직이는 범위는
45센티미터 안으로 한정되어 있는 만큼 전후좌우에 있는
자와 같은 방향, 같은 속도로 휘둘러야만 한다. 이 얼마나
놀라운 일인가. 이 춤은 시오쿠미나 세키노토(일본 전통 연

극의 일종)에 비할 바가 아니다.

　나중에 들어보니 대단한 숙련을 요하는 춤으로 쉽게 박자를 맞출 수 있는 것이 아니라고 했다. 특히 어려운 것은 두둥둥 북을 치는 기술이라고 한다. 30명이 다리를 움직이고 손을 놀리고 허리를 굽히는 것도 모두 이 북 치는 사람의 박자에 따르는 것이라고 한다. 옆에서 보기에는 "이야아, 하아아." 노래하는 이 대장이 제일 느긋해 보이지만 실은 가장 막중한 책임을 지고 있고 제일 고생하고 있다니 참 신기할 따름이다.

6편

난폭한 도련님

1

나와 멧돼지는 함께 감탄하며 이 춤을 보기에 여념이 없었다. 그때 약 50미터 떨어진 곳에서 와 하는 함성이 들리더니 지금까지 조용하게 구경하던 사람들이 갑자기 파도를 치며 좌우로 움직이기 시작했다.

"싸움이다, 싸움이 붙었다." 하는 소리가 들리나 싶더니 사람들을 헤치고 온 빨간 셔츠의 동생이 왔다.

"선생님, 또 싸움이에요. 우리 학교 애들이 오늘 아침의 앙갚음을 하기 위해 또 사범학교 놈들이랑 한판 붙었어요. 빨리 와주세요."

이렇게 말하며 다시 인파 속으로 들어가더니 어디론가

가버렸다.

"성가신 녀석들이군. 또 시작이야. 적당히 넘어가지 않고."

멧돼지는 이렇게 말하며 달아나는 사람들을 피해 쏜살같이 뛰어갔다. 보고 있을 수만도 없어서 싸움을 말릴 생각인가 보았다. 물론 나도 달아날 생각은 없었기 곧장 멧돼지의 뒤를 따라 현장으로 달려갔다. 마침 싸움의 열기가 최고조에 달해 있었다.

사범학교 학생은 50~60명 되어 보이는데 중학교 학생들은 인원이 그보다 3배는 더 많아 보였다. 사범학교 학생들은 교복을 입고 있었지만 중학교 학생들은 식이 끝난 후 대부분 평상복으로 갈아입었기 때문에 적과 아군을 금세 구분할 수 있었다.

그러나 한데 뒤엉겼다가 떨어졌다가 하며 싸우고 있어서 어디서부터 말려야 할지 몰랐다. 멧돼지는 난감하다는 듯이 이 혼란한 상황을 한참 지켜보다가 내게 말했다.

"어쩔 수 없군. 순사가 오면 귀찮아지니 뛰어들어 갈라 놓는 수밖에."

나는 대답도 하지 않고 갑자기 가장 격렬하게 싸우고

있는 곳으로 뛰어들었다.

"그만, 그만. 이렇게 폭력을 행사하면 학교 체면이 뭐가 되겠나. 그만두지 못해?!"

나는 두 무리를 떼어놓으려고 있는 대로 목청을 높여 말렸지만 생각대로 잘되지 않았다. 2, 3미터 들어갔더니 오도 가도 못 하게 갇히고 말았다. 눈앞에서 비교적 덩치가 큰 사범학교 학생이 열대여섯 살 정도 되어 보이는 중학교 학생과 맞붙어 싸우고 있었다.

"그만하라고 하면 하지 말아야지!"

내가 사범학교 학생의 어깨를 잡고 무리하게 떼어놓으려고 한 순간 누군가가 밑에서 내 다리를 걸었다. 나는 뜻밖의 일을 당하여 잡았던 어깨를 놓치고 옆으로 쓰러졌다. 딱딱한 구둣발로 내 등에 올라온 녀석이 있다. 양손과 무릎을 짚고 벌떡 일어나자 등에 탄 녀석이 오른쪽으로 굴러떨어졌다. 일어나보니 약 5미터 떨어진 곳에서 학생들 틈에 끼어 멧돼지가 외치고 있었다.

"그만해, 그만해! 싸우지 말란 말이야!"

"이봐요, 도저히 안 되겠어요."

나는 멧돼지에게 그렇게 소리쳤지만 들리지 않는지 반응이 없었다. 그때 갑자기 어디선가 바람을 가르며 날아온 돌이 갑자기 내 광대뼈를 때렸다. 동시에 뒤에서 내 등을 몽둥이로 후려치는 녀석이 있었다.

"교사 주제에 끼어들다니. 패라, 패!" 하는 소리가 들렸다.

"교사는 두 명이다. 큰 놈과 작은 놈. 돌을 던져라"라는 소리도 들렸다.

"뭐, 건방진 소리 하지 마. 촌놈 주제에 버르장머리가 없군."

나는 옆에 있던 사범학교 학생의 머리를 냅다 후려갈겼다. 돌이 또 휙 하고 날아왔다. 이번에는 나의 짧은 머리를 스치고 뒤로 날아갔다. 멧돼지는 어떻게 되었는지 보이지 않았다.

이렇게 된 이상 어쩔 수 없다. 처음에는 싸움을 말려볼 요량으로 달려들었지만, 욕을 먹고 돌을 맞은 이상 순순히 물러날 멍텅구리가 어디 있겠는가.

"나를 누구라고 생각하느냐. 몸집은 작지만 싸움의 본고장에서 수련을 쌓은 형님이시다!"

나는 이렇게 중얼거리며 닥치는 대로 후려갈기고 얻어맞기도 하고 있는데 잠시 후에 "경찰이다, 경찰이 왔다. 도망쳐라!" 하는 소리가 들렸다.

지금까지 물엿 속에서 헤엄치는 것처럼 옴짝달싹 못했던 몸이 갑자기 자유의 몸이 되었다. 학생들이 적군 아군 할 것 없이 뒤엉켜 일시에 달아나버렸다. 촌놈 주제에 도망가는 데는 일가견이 있나 보다.

나는 멧돼지의 행방이 궁금해서 들러보았다. 멧돼지는 홑겹 하오리가 너덜너덜해져 저쪽에서 코를 닦고 있다. 콧잔등을 맞아 상당히 피를 흘렸다고 한다. 코가 잔뜩 부어오르고 새빨개져서 몹시 보기 흉했다. 나는 안감을 댄 옷을 입고 있었기 때문에 흙투성이가 됐어도 멧돼지만큼 옷이 망가지지는 않았다. 그러나 뺨이 쓰려서 견딜 수가 없었다.

"피가 많이 나는걸."

멧돼지가 말했다.

경찰이 열대여섯 명 왔지만 학생들은 반대 방향으로 달아났기 때문에 잡힌 것은 나와 멧돼지뿐이었다. 우리는 이름을 대고 자초지종을 얘기했지만 일단 경찰서까지 동행해줄 것을 요구했다. 그래서 경찰서까지 가서 서장 앞에서 일의 전말을 진술한 후 하숙집으로 돌아왔다.

2

다음 날 아침 눈을 떠보니 온몸이 욱신거려 견딜 수가 없었다. 오랜만에 해본 싸움이라 그런지 뻐근했다. 이래 서야 어디 가서 싸움 잘한다고 자랑할 수 있겠나. 이불 속 에서 이런 생각을 하고 있는데 하숙집 할머니가 시코쿠 신문을 가지고 와서 머리맡에 두었다.

신문을 보는 것조차 힘들었지만 남자가 이까짓 일에 쩔쩔매야겠느냐는 생각에 무리해서 몸을 뒤집어 배를 깔 고 엎드려 2면을 펼쳐보고 깜짝 놀랐다. 어제의 패싸움 기 사가 실려 있었다. 싸운 일이 기사로 실린 것은 놀랍지 않 았지만, 기사 내용이 놀라웠다.

중학교 교사 홋타 모 씨와 최근에 도쿄에서 부임한 신참내기 모 씨가 선량한 학생들을 사주하여 이 소동을 일으켰다. 두 사람은 현장에서 학생들을 지휘했을 뿐만 아니라 함부로 사범학교 학생들에게 직접 폭력을 행사하기도 했다.

기사 바로 뒤에는 이런 내용을 덧붙여 놓았다.

우리 중학교는 옛날부터 선량하고 온순한 기풍을 가진 학교로서 전국 모든 학교의 모범이었다. 그런데 이 몰상식한 두 사람 때문에 학교의 명예가 훼손당했을뿐더러 시(市) 전체에 불명예의 오점을 남긴 이상 우리는 모두 한마음으로 그 책임을 묻지 않을 수 없다. 우리가 나서기 전에 당국은 상당한 응분의 처분을 내려 이 무뢰한들이 두 번 다시 교육계에 발을 붙이지 못하도록 조치를 취해야 할 것이다.

그리고 글자 한 자 한 자마다 모두 방점을 찍어 일부러 강조하고 있었다. 나는 이불 속에서 "에이, 똥이나 처먹어라!" 하고 욕을 뱉으며 벌떡 일어났다. 지금까지 관절 마디마디가 몹시 쑤시고 뻐근하던 몸이 이상하게도 씻은 듯이 나은 것처럼 가뿐해졌다.

나는 신문을 둥글게 말아 마당에 내던졌는데도 분이 풀리지 않아 일부러 변소까지 가지고 가서 변기 속에 처넣어버리고 왔다. 세상에서 신문처럼 터무니없는 허풍을 떠는 것도 없을 것이다. 내가 말해도 시원찮을 말을 모두 신문에서 늘어놓고 있었다. 게다가 '최근에 도쿄에서 부임한 신참교사 모 씨'라니. 세상에 모 씨라는 이름도 다 있는가. 이래 봬도 어엿한 성과 이름을 가지고 있다. 가계도를 보고 싶다면 다다노 만주(헤이안 중기의 무장으로 유명한 미니모토노 미스나카의 별칭임. 다다(多田) 가문의 선조이기도 함) 이래 내려오는 선조들을 한 사람도 빠짐없이 보여줄 수도 있단 말이다.

세수하고 나니 뺨이 갑자기 욱신거렸다. 할멈에게 거울을 빌려 달라고 했더니 "오늘 아침 신문 보셨당가요?" 하고 물었다. 내가 읽고 나서 변소에 버렸으니 보고 싶으면 가져와 읽으라고 대꾸했더니 놀라서 가버렸다.

거울에 얼굴을 비춰보니 어제와 마찬가지로 상처가 나 있다. 이래 봬도 소중한 얼굴이다. 얼굴에 상처를 입고 심지어 신참내기 모 씨라는 모욕적인 말까지 듣다니, 더는 참을 수가 없었다.

그러나 그따위 신문 기사 한 줄 때문에 학교를 쉬게 된다면 그건 내 얼굴에 먹칠하는 거나 다름없었으므로 밥을 먹고 가장 먼저 학교에 출근했다. 뒤를 이어 온 사람들마다 내 얼굴을 보고 웃었다.

'왜 다들 힐끔힐끔 쳐다보는 거야? 너희들이랑은 상관 없거든.'

이런 생각을 하고 있는데 아첨꾼이 다가왔다.

"어이쿠, 어제는 큰 공을 세우셨더군요. 명예스러운 부상인가요?"

아첨꾼은 송별회 때의 복수라도 할 셈인지 되먹지 못하게 빈정거렸다.

"쓸데없는 소리 말고 저리 가서 붓이나 빨고 계시지요."
하고 되받아쳐주었다.

"이거 죄송합니다. 그런데 꽤 아프겠는데요."

아첨꾼이 또 한마디했다.

"아프든 말든 내 얼굴이오. 그쪽이랑은 상관없소." 하고 호통을 쳤더니 결국 자기 자리로 돌아갔다. 그런 후에도 여전히 내 얼굴을 보며 옆자리의 역사 선생과 뭔가 속닥거리며 히죽거리고 있었다.

잠시 후 멧돼지가 출근했다. 그의 코는 시퍼렇게 통통 부어서 건드리면 금방이라도 안에서 고름이 나올 것 같았다. 우쭐댄 탓인지 내 얼굴보다 더 심한 상처를 입고 있었다. 나와 멧돼지는 책상이 붙어 있어서 나란히 앉아 있을 뿐만 아니라 공교롭게도 그 책상이 출입문과 정면으로 마주하고 있었다. 통통 부어 일그러진 두 얼굴이 나란히 앉아서 들어오는 사람들에게 좋은 볼거리를 제공해주게 된 셈이다. 교무실 안의 선생들은 심심하면 한 번씩 이쪽을 쳐다보곤 했다.

"어쩌다 이런 봉변을 다 당하시고……."

말은 그렇게 하지만 속으로는 '저 바보 같은 놈들!'이라고 생각하고 있음이 틀림없다. 그렇지 않고서야 저렇게 수군덕거리며 키득거릴 까닭이 있겠는가.

교실로 들어가니 학생들이 박수로 맞아주었다. 심지어 "선생님, 만세!"라고 외치는 녀석도 두세 명 있었다. 인기가 있는 것인지 바보 취급을 하는 것인지 나는 알 수가 없었다. 나와 멧돼지에게 이처럼 관심이 집중되고 있는 가운데 빨간 셔츠만이 평소처럼 다가와서 사과하는 투로 말했다.

"정말 어이없는 일을 당하셨습니다. 저는 두 분 선생님의 일을 매우 유감스럽게 생각합니다. 신문 기사는 교장선생님과 의논하여 정정하도록 해두었으니 걱정하지 않아도 돼요. 제 동생이 홋타 선생을 모시고 가서 이런 일이 생겼으니 저로서는 면목이 없습니다. 그런 의미에서 이 일은 끝까지 힘을 다해 돕겠으니 아무쪼록 마음을 풀기 바랍니다."

교장은 3교시째에 교무실에 와서는 다소 걱정하는 기색으로 말했다.

"난처한 기사가 신문에 실렸더군요. 일이 복잡해지지 않으면 좋겠는데……."

나는 걱정 따위는 하지 않는다. 만약 면직을 당하게 된다면 그 전에 사표를 제출할 것이다. 그러나 내가 잘못하지도 않았는데 내 쪽에서 먼저 물러나는 것은 허풍선이 신문사를 더욱 기고만장하게 만드는 꼴이 되므로 신문사가 기사를 정정하고 나는 오기로라도 근무를 계속하는 것이 올바른 처사라고 생각했다. 퇴근길에 신문사에 들러 담판을 지을까도 생각했지만 학교에서 정정하도록 수속을 밟아놓았다기에 그만두었다.

나와 멧돼지는 교장과 교감에게 빈 시간을 이용하여 거짓 없이 사건의 전말을 설명했다. 교장과 교감은 신문사가 학교에 나쁜 감정을 품고 그런 기사를 고의로 쓴 것이 틀림없을 것이라고 결론을 내렸다.

3

빨간 셔츠는 교무실에 있는 선생 한 명 한 명을 찾아가 우리의 행위를 해명하며 돌아다녔다. 특히 자신의 남동생이 멧돼지를 불러낸 것이 마치 자신의 잘못인 것처럼 떠들어댔다. 모두 '전적으로 신문사가 나쁘다, 괘씸하다, 두 선생님은 뜻밖의 재난을 당했다.'라고 말했다.

퇴근길에 멧돼지가 내게 주의를 주었다.

"이봐, 빨간 셔츠가 의심스러워. 조심하지 않으면 당할 거야."

"처음부터 수상한 놈이었잖아요. 그게 뭐 어제오늘 일인가요?"

내가 이렇게 대꾸하자 그가 말했다.

"자네, 아직도 눈치채지 못했나? 어제 일부러 우리를 불러내 싸움에 말려들게 한 것은 그자의 계책이었어."

그랬다. 나는 거기까지는 생각이 미치지 못했다. 멧돼지는 거칠지만 나보다는 지혜로운 사람이라는 생각이 들어 놀랐다.

"그렇게 싸움에 말려들게 한 뒤 바로 신문사에 손을 써서 그런 기사를 쓰게 만든 거야. 정말 간사한 놈이지."

"그럼 신문 기사까지도 빨간 셔츠의 계획에 포함되어 있다는 건가요. 놀랍군요. 그런데 신문사가 빨간 셔츠가 한 말을 액면 그대로 믿었단 말인가요?"

"믿고말고. 신문사에 아는 사람이 있다면야 문제없지."

"그럼 아는 사람이 있을까요?"

"없어도 상관없어. 거짓말을 하는 거지. 없는 사실도 그럴듯하게 지어내서 이러저러하다고 얘기하면 그대로 쓰는 거지, 뭐."

"말도 안 돼. 정말로 빨간 셔츠의 계책이 확실하다면 우린 이 사건으로 면직당할지도 모르겠는데요."

"최악의 경우 그럴 수도 있지."

"그렇다면 나는 내일 당장 사표를 내고 곧바로 도쿄로 돌아갈 겁니다. 이런 상식 밖의 일들이 벌어지는 곳에는 있어 달라고 사정해도 있기 싫으니까요."

"자네가 사표를 낸다고 해도 빨간 셔츠가 곤란할 건 없을 걸세."

"그건 그렇네요. 어떻게 하면 그놈을 혼내줄 수 있을까요?"

"그런 교활한 놈은 일을 꾸밀 때 증거가 남지 않도록 하기 때문에 대적하는 것이 어렵네."

"골치 아프네요. 그럼 우리는 누명을 쓴 채로 물러나야 하는 건가요. 말도 안 돼. 하늘은 착한 사람을 돕는다는데 어떻게 이런 일이……."

"우선 2, 3일 더 상황을 지켜보세. 최악의 경우에는 온천 마을에 가서 덮치는 것밖에는 방법이 없네."

"싸움은 싸움으로 푼다. 이건가요?"

"그런 셈이네. 우리는 우리대로 상대의 급소를 찌르는 것이네."

"그것도 좋겠군요. 저는 계책을 세우는 것이 서투니 그건 당신이 도맡아주시고, 실행에 옮길 때는 무슨 일이든 돕겠습니다."

나와 멧돼지는 이 정도로 대화를 나눈 후 헤어졌다. 멧돼지가 추측한 대로 빨간 셔츠가 이번 일을 꾸민 것이라면 실로 교활한 놈이다. 도저히 머리로 당해낼 수 있는 놈이 아니니 힘으로 밀어붙이는 수밖에 없다. 이러니 세상에 전쟁이 끊이지 않을 법도 하다. 개인끼리도 결국에 가서는 다 주먹으로 해결하려 하니 말이다.

이튿날, 목이 빠져라 기다린 신문을 펼쳐보니 정정은 고사하고 취소 기사도 보이지 않았다. 학교에 가서 너구리에게 따져 물었더니 "내일 정도가 되어야 나오겠지요."라는 답변이 들려왔다. 다음 날 가장 작은 6호 활자로 조그맣게 취소 기사가 실렸다. 그러나 신문사 자체에서 정정 기사는 싣지 않았다.

내가 다시 교장에게 가서 항의하자 더는 어떻게 할 수가 없다는 식으로 대답했다. 교장은 너구리 같은 얼굴을 하고 기분 나쁘게 점잖을 떨고 있지만 의외로 세력이 약하다. 촌구석의 신문사가 써 갈긴 허위 기사 하나 사과시

킬 힘이 없는 것이다.

"그러면 제가 가서 신문사 주필에게 항의하겠습니다."

"그건 안 되네. 자네가 항의하면 더 불리한 기사를 쓸 것이네. 신문에 일단 실린 기사는 진짜든 거짓이든 어떻게 할 수가 없네. 포기하는 수밖에 도리가 없네."

교장은 스님이 설법하듯이 나를 타일렀다. 신문이 그런 것이라면 하루빨리 없애는 편이 우리에게 유익한 것 아닌가. 신문에 기사가 실리는 것은 자라에게 물린 것과 같다는 것을 지금 너구리의 설교를 통해 비로소 알게 되었다.

그러고 나서 사흘 정도 지난 어느 오후였다. 멧돼지가 급하게 찾아왔다.

"드디어 때가 되었네. 나는 예의 계획을 단행할 생각이네."

"좋습니다. 그럼 나도 가담하겠습니다."

나는 그 자리에서 합세하겠다고 말했다. 그러나 멧돼지는 고개를 갸웃거리며 말했다.

"자네는 그만두는 것이 좋겠네."

"왜죠?"

"자네는 교장에게 불려가 사표를 내라는 말을 들었나?"

"아니요. 선생님은요?"

내가 물었더니 멧돼지는 오늘 교장이 미안하다며 사정상 어쩔 수 없으니 사표를 제출하라는 말을 들었다는 것이었다.

"그런 법이 어디 있습니까. 너구리는 너무 배를 많이 두드려서 밥통의 위치가 뒤집혔나 보군요! 당신과 나는 같이 승전 축하 공연에 가서 칼이 번쩍번쩍하는 고치의 춤을 보고 함께 싸움을 말리러 갔던 거잖아요. 사표를 내라고 할 거면 공평하게 두 사람 모두에게 내라고 해야지. 어째서 시골 학교는 이리도 사리 분별을 못할까! 정말 답답하네요."

"다 빨간 셔츠가 뒤에서 사주해서 그렇지. 나와 빨간 셔츠는 지금까지의 사정상 도저히 타협할 수 없는 사이이지만 자네는 지금처럼 그냥 둬도 해가 될 게 없다고 생각한 거야."

"저 역시 빨간 셔츠와 타협할 인간은 아닙니다. 해가 되지 않는다고 생각하다니, 그것이 더 몹쓸 생각이로군요."

"자네는 지나치게 단순하니 그냥 둬도 어떻게든 속일

271

수 있을 거로 생각한 거지."

"갈수록 태산이군. 누가 속아주기나 한다나!"

"게다가 얼마 전에 고가 선생이 전근 간 이후, 후임이 사고로 아직 도착하지 못하고 있잖아. 그런 판에 자네와 나를 동시에 내쫓았다가는 학생들 수업에 지장이 생길 것이고."

"그렇다면 다음 수학교사가 오기 전까지 나를 두어 시간을 벌 생각이었군요. 망할 놈 같으니라고. 흥, 누가 그 수에 넘어갈 줄 아나 보지."

다음 날 나는 학교에 나가 교장실로 들어가 따졌다.

"어째서 저에겐 사표를 내라고 하지 않았습니까?"

"뭐?"

너구리는 어처구니없다는 표정을 지었다.

"홋타 선생은 내라 하고 저는 안 내도 좋다는 법이 어디 있습니까?"

"그것은 학교 측의 사정으로……."

"그 사정이란 게 틀렸단 말씀입니다. 제가 사표를 내지 않아도 된다면 홋타 선생도 낼 필요가 없는 것이지요."

"거기에 대해서는 설명하기 어렵네. 홋타 선생이 사표를 내는 것은 어쩔 수 없지만 자네가 사표를 낼 필요는 없네."

역시 너구리다. 도무지 알 수 없는 말만 잔뜩 늘어놓으면서도 침착하기 그지없다. 나는 어쩔 수가 없어서 이렇게 말했다.

"그렇다면 저도 사표를 내겠습니다. 홋타 선생이 사직하는데 저만 태평스럽게 남아 있을 수 있다고 생각하실지 모르겠습니다만, 저는 그런 인정머리 없는 인간은 못됩니다."

"자네, 그건 곤란하네. 홋타 선생도 그만두고 선생도 그만둔다면 학교는 수학 수업을 전혀 못 하게 돼서……."

"수업을 못 하게 되는 건 제 알 바 아닙니다."

"자네, 그렇게 고집을 부리면 곤란하네. 조금은 학교의 사정도 생각해주어야 하지 않겠나. 게다가 부임한 지 한 달도 채 되지 않았는데 사직했다고 하면 자네의 경력에도 오점이 남게 된다네. 그 점에 대해서도 생각하는 것이 좋을 거네."

"경력 따위에 신경 쓸 내가 아닙니다. 이력보다는 의리가 중요합니다."

"자네 말이 옳네. 한 마디 한 마디가 다 옳지만 내 입장도 조금 생각해주게. 선생이 군이 사직하겠다면 더 할 말이 없지만 후임이 올 때까지 만이라도 어떻게 좀 봐줄 수 없겠나? 어쨌거나 집에 가서 다시 한번 잘 생각해보게."

다시 생각할 것도 말 것도 없는 명명백백한 일이지만 너구리의 얼굴이 홍당무처럼 빨갛게 달아오른 것을 보고 가엾은 마음이 들어 다시 생각해보는 것으로 하고 물러났다. 빨간 셔츠와는 입도 뻥긋하지 않았다. 어차피 혼내줄 거라면 조용히 있다가 한꺼번에 모아서 확실히 혼내주는 편이 좋을 것이다.

멧돼지에게 너구리와의 담판을 이야기해주었다.

"그럴 줄 알았네. 사표는 나중에라도 낼 수 있으니 일단은 그냥 두게."

나는 멧돼지가 말한 대로 했다. 어차피 멧돼지가 나보다는 판단이 빠를 것 같아서 모든 일에 대해서 그의 충고를 따르기로 했다.

4

멧돼지는 결국 사표를 내고 교직원 전원에게 작별 인사를 한 후 선창가의 여관 미나토야까지 내려갔다. 그러고는 아무도 모르게 온천 거리로 돌아와서 마스야 여관 정면 2층에 숨어 장지에 구멍을 뚫고 밖을 내다보기 시작했다.

이 사실을 아는 사람은 아마 나뿐일 것이다. 빨간 셔츠가 몰래 온다면 분명 밤일 것이다. 게다가 초저녁은 학생들과 다른 사람들의 눈이 있으니 적어도 밤 9시는 넘어서일 것이다.

처음 이틀 밤은 나도 밤 11시 무렵까지 몰래 망을 보았지만 빨간 셔츠의 그림자도 보이지 않았다.

3일째에는 밤 9시부터 10시 반까지 망을 보았지만 역시 헛수고였다. 아무 소득 없이 한밤중에 하숙집으로 돌아오는 것만큼 힘 빠지는 일은 없다.

4~5일이 지나자 하숙집 할머니가 충고하기 시작했다.

"각시가 있응께 밤출입은 그만두는 것이 좋지 않을랑가 모르겠소이?"

그런 밤출입과 이 밤출입은 차원이 다르지 않은가. 이것은 하늘을 대신해서 벌을 내리기 위한 밤출입이다. 그렇지만 일주일이 지나서까지 아무런 소득이 없자 왠지 시큰둥해지기 시작했다. 나는 성격이 급해서 열심히 할 때는 밤을 새워서라도 하지만 무슨 일이든 진득하게 해본 적은 없다.

엿새째에는 조금 싫증이 났고 이레째 되는 날에는 그만둘까 생각했다. 하지만 그곳에 가서 멧돼지를 보니 나와는 달리 끄떡도 하지 않았다. 초저녁부터 자정이 넘어서까지 장지에 눈을 대고 여관 앞에 매달려 있는 가스등 아래를 노려보고 있었다.

게다가 더욱 놀라운 일은 오늘은 손님이 몇 명 왔는데 묵고 가는 사람이 몇 명, 여자가 몇 명하는 여러 가지 통계까지 보고해주었다. 참으로 놀랄 따름이다.

"이거 빨간 셔츠가 영영 오지 않는 것은 아닐까요?"하고 내가 말하면 팔짱을 끼고 한숨을 쉬며 중얼거렸다.

"아니, 틀림없이 오긴 올 거야."

만약 빨간 셔츠가 여기에 오지 않는다면 멧돼지는 불쌍하게도 평생 하늘을 대신하여 천벌을 내리지 못할 것이다.

여드레째 날 저녁 7시 무렵에 하숙집에서 나와 우선 온천에 들러 목욕을 하고 거리에서 달걀 여덟 개를 샀다. 이것은 하숙집 할머니의 감자 공세에 대한 대비책이다. 달걀을 좌우 소매에 네 개씩 넣고 예의 빨간 수건을 어깨에 걸치고는 팔짱을 낀 채 마스야의 계단을 올라가 멧돼지가 묵고 있는 방문을 열었다.

그랬더니 "이보게, 좋은 소식이야, 좋은 소식!"하며 돌부처처럼 굳어 있던 그의 얼굴에 희색이 돌았다. 엊저녁까지도 우울해 보여서 옆에서 보고 있는 나까지 씁쓸한 기분이 들었는데 이 얼굴색을 보니 나도 갑자기 기뻐져서 말을 듣기도 전에 "잘됐군. 잘됐어!"라고 말했다.

"아까 7시 반쯤 그 고스즈인가 뭔가 하는 게이샤가 여관에 들어갔어."

"빨간 셔츠와 함께 말인가요?"

"아니."

"그럼 아무 소용없잖아요."

"게이샤 두 명이 들어갔는데 아무래도 뭔가 냄새가 나."

"어째서요?"

"어째서라니? 그놈은 보통 교활한 놈이 아니니 먼저 게이샤를 들여보내놓고 나중에 들어갈지 모를 일 아닌가?"

"그럴지도 모르죠. 벌써 9시가 다 되었군요?"

"지금 9시 12분이야."

그는 허리춤에서 니켈로 만든 회중시계를 꺼내보면서 말했다.

"이봐, 램프 끄라고. 창가에 빡빡머리 두 개가 나란히 비치면 이상하게 여길지도 몰라. 여우는 의심이 많은 법이거든."

나는 옻칠을 한 칠기 위에 있는 탁상램프를 훅 불어 껐다. 별빛을 받은 장지문만이 조금 환할 뿐 달은 아직 뜨지 않았다. 나는 멧돼지와 함께 장지문에 얼굴을 대고 숨을 죽인 채 열심히 지켜보았다.

땡 하고 밤 9시 반을 알리는 괘종이 울렸다.

"이봐요, 오긴 오는 걸까요? 오늘 오지 않으면 저는 이제 더는 못하겠습니다."

"나는 내 주머니가 빌 때까지 할 거야."

"돈이 얼마나 남았는데요?"

"오늘까지 여드레분인 5엔 60전을 냈어. 언제 뛰쳐나가도 지장이 없도록 매일 저녁 계산하고 있어."

"그것참 준비성이 있군요. 여관에서 놀라지 않던가요?"

"그건 상관없는데 한시도 마음을 놓을 수가 없으니 힘드네."

"그 대신 낮잠은 자지 않나요?"

"낮잠은 자지만 외출을 못 해서 답답해 죽을 지경이네."

"천벌을 내리는 일도 쉽지 않군요. 혹시 하늘의 법망이 엉성해서 놈이 그걸 피해 가면 어쩌죠? 그러면 헛수고가 될 텐데 말이에요."

"무슨 소리야. 오늘 밤엔 꼭 올 걸세. 이봐, 저것 좀 보게."

그가 갑자기 작은 소리로 말했기 때문에 나는 가슴이 철렁했다. 검은 모자를 쓴 남자가 여관집 가스등을 아래에서 올려다보고는 어두운 길 쪽으로 사라졌다. 빨간 셔츠가 아니었다. 실망스러웠다.

그러는 사이에 여관 계산대의 시계가 밤 10시를 알리는 종을 쳤다. 오늘 밤도 끝내 나타나지 않을 모양이다. 주위가 몹시 고요했다. 유곽에서 울리는 북소리만이 손에 잡힐 듯 들렸다. 달이 산 너머에서 불쑥 얼굴을 내밀었다. 거리는 밝았다.

그때 아래쪽에서 두런두런 사람의 말소리가 들렸다. 창에서 얼굴을 내밀 수도 없는 노릇이어서 누구인지 확인할 수는 없었지만 소리의 정체가 점점 다가오고 있는 모양이었다. 딸그락딸그락 나막신 끄는 소리가 들렸다. 눈을 치켜뜨면 겨우 두 사람의 그림자가 보일 정도로 가까이 왔다.

"이제 됐어요. 방해자를 쫓아버렸으니."

틀림없는 아첨꾼의 목소리가 들렸다.

"힘쓸 줄만 알았지. 도통 머리를 쓸 줄 모른다니까."

이번에는 빨간 셔츠의 목소리였다.

"그 남자도 참 등신이에요. 등신이지만 의협심 강한 도련님이니 귀엽기는 해요."

"월급을 올려준다고 해도 싫다고 하질 않나, 끝까지 사표를 내겠다고 하질 않나. 아무래도 머리가 이상한 놈인 것 같아."

나는 그 말을 듣고 창문을 열고 2층에서 뛰어내려가 실컷 패주고 싶은 충동을 느꼈으나 간신히 참았다.

"이봐."

"네."

"왔어."

"드디어 왔군요."

"이제야 겨우 안심이 되는군."

두 사람은 하하하 웃으며 가스등 아래를 지나 여관 안으로 들어갔다.

"아첨꾼 놈, 나를 등신이지만 의협심 강한 도련님이라

고 했겠다."

"방해자란 나를 말하는 거네. 무례하기 짝이 놈 같으니라고."

나와 멧돼지는 두 사람이 돌아갈 때 덮쳐서 공격하기로 했다. 그러나 두 사람은 아무리 기다려도 나올 생각을 하지 않았다. 멧돼지는 아래층으로 내려가 오늘 밤은 혹시 밤중에 일이 생겨서 나갈지도 모르니 문을 잠그지 말아 달라고 부탁하고 왔다. 지금 생각하면 여관집에서 잘도 응해주었다. 보통은 도둑으로 오인당하기에 십상이었을 텐데 말이다.

빨간 셔츠가 나오는 것을 기다리는 것은 힘든 일이었다. 자지도 못하고 시종 장지 구멍을 노려보고 있자니 보통 힘든 게 아니었다. 그래서 차라리 여관에 쳐들어가서 현장을 덮치자고 했더니 멧돼지는 단번에 나의 제안을 거절했다.

"우리가 이런 시간에 뛰어 들어가 난동을 부리면 불량배로 몰려 우리의 목적을 달성하지 못한 채 중간에 붙잡히게 될 것이 뻔해. 또 여관 사람에게 이유를 말하고 면회를 요청해본들 없다고 하거나 다른 방으로 빼돌릴 것이 틀림없어. 저지를 당하지 않는다고 해도 수십 개의 방 중에서 어디에 있는지 알 수 없는 노릇 아닌가. 답답해도 나오는 것을 기다리는 것밖에는 뾰족한 수가 없네."

그래서 가까스로 새벽 5시까지 버텼다. 여관에서 나온 두 사람의 그림자를 보자마자 나와 멧돼지는 즉시 뒤를 밟았다. 첫 기차가 아직 없었기에 두 사람은 성 아랫마을까지 걸어가지 않으면 안 되었다.

온천 거리를 벗어나면 약 100미터, 전나무 가로수가 두 줄로 늘어서 있고 좌우로 논이 있었다. 그리고 거기를 지나면 여기저기에 초가집이 있고 밭 가운데 성 아랫마을까지 이어지는 둑이 나온다.

일단 시가지만 벗어나면 어디서 따라잡아도 상관없지만 가능하면 인가가 없는 전나무 가로수 길이 안전할 것 같아서 두 놈을 붙잡기 위해 몸을 숨기며 뒤따라갔다.

그러다가 시가지를 벗어난 순간 냅다 달려서 놈들의 뒤에 바싹 따라붙었다. 그러고는 무엇이 왔나 하고 놀라 돌아보는 놈의 어깨를 "기다려."라고 말하며 손으로 붙잡았다. 아첨꾼은 낭패한 기색을 보이며 달아나려 했기 때문에 나는 잽싸게 앞으로 가서 막아섰다.

"교감이라는 자가 어째서 여관에 묵었나?"

멧돼지가 즉시 따져 물었다.

"교감은 여관에서 묵으면 안 된다는 규칙이 있나요?"

빨간 셔츠는 여전히 예의 바른 말투를 사용하고 있었다. 하지만 안색은 다소 창백했다.

"학생들 단속하는 데 본보기가 되지 않는다며 메밀국수 가게와 경단 가게는 출입을 금한다고 말할 정도로 신중하고 정직한 사람이 어째서 기생과 함께 여관에 묵으시는가?"

아첨꾼은 그러는 틈을 보아 달아나려 했기 때문에 나는 즉시 앞을 가로막고 섰다.

"등신이지만 의협심 강한 도련님이라고?" 하고 호통을 쳤더니 나에 대해 한 말이 아니라고 뻔뻔스럽게 딱 잡아떼며 궁색하게 변명하는 말을 늘어놓았다. 정신을 차리고 보니 나는 양손으로 내 소맷자락을 붙잡고 있었다. 놈들을 뒤쫓아갈 때 소매 속의 달걀이 흔들거려서 양손으로 꼭 잡고 온 것이다. 나는 급히 소매 속에 손을 넣어 달걀 두 개를 꺼내 "이얏!" 하고 아첨꾼의 면상에 냅다 내던졌다.

달걀이 퍽 하고 깨져 콧등을 타고 노른자가 아래로 줄줄 흘러내렸다. 아첨꾼은 어지간히 놀란 듯 앗 하며 엉덩방아를 찧고는 살려 달라고 애원했다. 나는 먹기 위해 달걀을 샀지 던지기 위해 소매에 넣어둔 것이 아니었다. 홧김에 그만 던지고 만 것이었다. 그러나 아첨꾼이 엉덩방아를 찧은 것을 보고 비로소 내가 잘했다는 생각이 들어 "에라, 이놈아!" 하며 남은 달걀 여섯 개를 마구 내던졌더니 아첨꾼의 얼굴이 온통 샛노랗게 되어버렸다.

내가 달걀을 던지고 있는 동안 멧돼지는 아직도 빨간 셔츠와 말싸움을 하고 있었다.

"내가 게이샤를 데리고 여관에 묵었다는 증거가 있습니까?"

"초저녁에 네 단골 게이샤가 여관에 들어가는 것을 보고 하는 말이다. 속이려는 거냐?"

"속일 필요는 없소. 나와 요시카와 선생 둘이서 묵었소. 게이샤가 초저녁에 들어가건 말건 나와는 상관없는 일이오."

"닥쳐라!"

멧돼지가 주먹을 날렸다. 빨간 셔츠는 비틀거리며 말했다.

"이것은 폭력이다. 행패다. 말로 하지 않고 완력에 호소하는 것은 무법이다."

"무법이라도 좋아."

멧돼지가 그렇게 말하며 또 한 대 먹었다.

"네놈같이 간사한 인간은 맞아야 정신을 차린다니까."

멧돼지가 계속 주먹을 날렸다. 나도 덩달아서 아첨꾼을 흠씬 두들겨 패주었다. 결국 빨간 셔츠와 아첨꾼은 전나무 밑동 근처에 쪼그리고 앉았다. 움직이지 못하는 것인지 어지러운 것인지 아니면 정신이 어찔어찔한지 두 사람 모두 도망갈 생각조차 안 한다.

"이제 됐냐? 부족하면 더 패주겠다." 하고 두 사람을 또 두들겨 패주었다. 빨간 셔츠는 이제 충분하니 그만하라고 애원했다.

내가 아첨꾼에게 "네놈도 됐냐?" 하고 물었더니 "물론입니다!"라고 대답했다.

"네놈들은 교활한 놈들이라 이렇게 천벌을 받는 것이

다. 이것으로 반성하고 앞으로 행동을 조심하는 게 좋을 거다. 교묘한 말솜씨를 아무리 부려봐야 정의는 항상 승리하는 법이다."

두 녀석은 멧돼지가 하는 말을 잠자코 듣고 있었다. 어쩌면 입을 열 기운조차 없어서 그랬는지도 모른다.

"나는 달아나지도 숨지도 않을 것이다. 오늘 오후 5시까지는 항구의 여관 미나토야에 있을 테니 용무가 있거든 경찰이든 누구든 보내라."

멧돼지가 이렇게 말하기에 나도 얼떨결에 한마디 덧붙였다.

"나 역시 달아나지도 숨지도 않을 것이다. 홋타 선생과 같은 곳에서 기다리고 있을 테니 경찰에 신고하고 싶으면 마음대로 해!"

이렇게 말하고 나서 우리 둘은 가벼운 발걸음으로 그 자리를 떠났다.

5

　내가 하숙집으로 돌아온 것은 아침 7시가 조금 안 된 시간이었다. 내가 방으로 들어가 곧바로 짐을 꾸리기 시작하자, 하숙집 할머니가 무슨 일인가 싶어 놀라며 물었다.

　"도쿄에 가서 마누라를 데려오려고요."

　그렇게 말하고는 계산을 끝내고 즉시 기차를 타고 항구로 가서 미나토야 여관에 들어가니 멧돼지가 2층에서 자고 있었다. 나는 당장 사표를 쓰려고 했지만 뭐라고 쓰면 좋을지 몰라 한참 망설이다가 다음과 같이 써서 교장 앞으로 우송했다.

본인의 사정으로 학교를 사직하고 도쿄로 돌아가기를 청하오니 부디 허락하여주시기 바랍니다. 이상.

증기선은 저녁 6시에 출항이다. 멧돼지도 나도 피곤해서 쿨쿨 자고 일어났더니 오후 2시였다. 하녀에게 경찰이 안 왔느냐고 물었더니 안 왔다고 대답했다.

"그놈들이 신고를 안 했네."

이렇게 말하며 둘이서 한바탕 크게 웃었다.

그날 밤 나와 멧돼지는 이 지긋지긋한 땅을 떠났다. 배가 부둣가에서 멀어지면 멀어질수록 마음이 홀가분해졌다. 고베에서 도쿄까지는 직행으로 와서 신바시에 도착했을 때는 오랜만에 사람 사는 세상으로 나온 기분이 들었다. 멧돼지와는 거기서 헤어진 이후 지금까지 만날 기회가 없었다.

그러고 보니 기요 할멈에 대해 말하는 것을 잊고 있었다. 나는 도쿄에 도착하자마자 가방을 든 채 곧바로 기요 할멈을 찾아갔다.

"할멈, 나 돌아왔어." 하고 들이닥쳤더니, "어머, 우리 도

런님, 정말 빨리 돌아오셨네요."라고 말하며 기요 할멈은 눈물을 뚝뚝 흘렸다. 나도 몹시 기뻤기 때문에 이렇게 말했다.

"이제 시골에는 가지 않을 거야. 도쿄에서 집을 마련하여 할멈과 함께 살 거야."

그 후 어떤 사람의 주선으로 철도 회사의 기수(技手)로 취직하게 되었다. 월급은 25엔이고 집세는 6엔이었다. 비록 멋진 대문이 달린 으리으리한 집은 아니었지만 기요 할멈은 나와 함께 지내며 몹시 행복해했다. 그러나 가엾게도 올해 2월 폐렴에 걸려 세상을 떠나고 말았다. 죽기 전날 기요 할멈은 나를 불러 이렇게 말했다.

"도련님, 제 마지막 소원인데요. 부디 제가 죽거든 도련님네 가족묘가 있는 절에 저를 묻어주세요. 무덤 속에서 도련님이 오시기만을 낙으로 삼아 기다리고 있을게요."

지금 기요 할멈은 고히나타에 있는 절 요겐지에 잠들어 있다.

작품 해설

　나쓰메 소세키는 구 일본 1,000엔권 지폐에 초상이 실려 있을 정도로 일본 근대를 대표하는 소설가이자 영문학자이다. 그는 당시의 시대상을 간결한 문체로 담아낸 것으로 잘 알려져 있는데, 그의 작품을 이해하기 위해서는 그의 삶을 살펴볼 필요가 있다.

　그는 1867년 1월 5일에 도쿄 신주쿠 부근에서 태어났다. 그의 집은 지금으로 말하자면 지방자치장에 해당하는 세력가 집안이었다. 소세키는 그 집안의 5남 3녀 중 막내로 태어났고 본명은 긴노스케(金之助)였다. 그러나 에도 막부 시대가 저물어가며 새로운 시대가 태동하는 혼란기에 그의 집안은 몰락하였고, 그는 출생 직후부터 고물상을 운영하는 집에 수양아들로 보내졌다. 이후 곧 자기 집으로 돌아왔으나 또다시 아홉 살까지 양자로 보내지는 등 불안정한 유년 시절을 보내게 되었다. 이처럼 부모에게서 제대로 된 애정을 받지 못하고 자란 나쓰메 소세키는 성격이 매우 예민하고 내성적이었다.

어린 시절의 소세키는 한학(漢學)을 좋아했다. 그래서 중학교를 중퇴한 후에 한학 전문 학교인 나쇼가쿠샤(二松學舍)에 다니게 되었다. 그러나 당시 일본은 서구 문명을 한참 받아들이는 문명개화의 물결이 일던 시기였다. 사회 활동을 위해서는 영어가 필요하다는 형의 충고를 받아들여 그다지 좋아하지 않던 영어학교인 세이리쓰가쿠샤(成立學舍)로 옮긴다. 그리고 학업을 이어가며 동경 제국대학의 영문학과에도 입학한다.

그가 대학을 다니던 시절, 마사오카 시카(正岡子規)와 친하게 지내며 서로의 문장에 대해 비평을 했는데 그때 처음으로 '소세키'라는 필명을 사용하였다. 이 필명은 억지를 붙인다는 뜻의 '침류수석(枕流漱石)'이라는 중국 속담에서 유래된 것이다. 중국 진(晉)나라 초기에 손초(孫楚)라는 사람이 속세를 떠나 시골로 은거하면서 친구에게 '나는 돌을 베개 삼고 시냇물로 양치질하는 생활을 하며 지내려 하네'라고 말한다는 것이 거꾸로 '나는 시냇물을 베개 삼고(枕流) 돌로 양치질하려(漱石) 한다네'라고 억지를 부렸다는 고사에서 따온 것이다. 어릴 적부터 괴짜 기질이 다분했던 소세키에게 실로 어울리는 필명이다.

1893년에 대학을 졸업한 소세키는 도쿄고등사범학교의 교사를 지냈고, 1895년 4월에 시코쿠(四國)의 마쓰야마 중학교 교사가 되었다. 마쓰야마는 절친한 친구 마사오카 시키의 고향이었다. 청일전쟁 때문에 중국으로 건너갔다가 병으로 인해 다시 마쓰야마로 돌아온 마사오카 시키는 한동안 소세키와 함께 지내면서 하이쿠를 열심히 썼으며 소세키도 그때 다수의 작품을 집필했다. 그리고 마쓰야마에서 1년 동안 생활하면서 경험한 것들이 10년 후에 『도련님』을 쓰게 되는 계기를 마련해주었다.

『도련님』은 도쿄 출신인 '도련님'이 시골학교의 교사로 부임하면서 겪게 되는 사건들과 만나게 되는 사람들을 통해 도련님이 어떻게 현실 속에서 좌충우돌 살아가는가를 보여준다. 이 작품의 인물들은 성격이 단순하면서 흥미롭다. 특히 도련님이 인물들에게 붙이는 별명들로 캐릭터를 묘사하는 점이 도련님의 성격을 보여주기도 하지만 기존의 소설들과는 다른 인물 간의 개성을 보여준다. 겉과 속이 다른 빨간 셔츠와 그의 추종자인 아첨꾼, 여기에 맞서는 정의파 멧돼지와 그 사이에서 오로지 자신의 안위만을 추구하는 너구리 교장이 있다. 그 안에서 마을의 미녀인 마돈나를 쟁취하고자 하는 사건이 벌어지는데 도련님이 정의파에 가담하면서 사건은 점차 확산된다.

이 소설은 전체적으로 사실적이기보다는 사뭇 극적인 모습이 가미되어 사건마다 인물들이 익살스럽게 보인다. 게다가 당시의 풍토를 비판하는 해학과 풍자 또한 짙게 깔려 있다. 이러한 특징들 때문에 이 작품은 일본 문학에서 유머 소설의 대표작으로 손꼽힌다.

『도련님』이라는 제목은 하녀 기요의 시선으로 바라본 주인공 '도련님'을 지칭하기도 하지만 사회에서 애송이티를 못 벗은 '도련님' 같은 인물을 의미하기도 한다. 도련님이 경험하는 모든 것은 사회초년생이라면 누구나 느끼고 생각해봄 직한 에피소드이기도 하다. 소설 속 도련님은 매사에 진지하다. 그리고 융통성 없는 정직한 성격과 행동으로 사건을 점점 더 크게 키운다. 독자들로 하여금 웃음이 나오게 만드는 상황이 소설을 더욱 유머러스하게 만든다.

나쓰메 소세키는 『나는 고양이로소이다』를 발표하며 문학계의 주목을 받고 나서 『개양귀비』, 『갱부(坑夫)』, 『산시로』, 『문』등의 명작들을 발표했다. 그러다가 1916년 12월 9일에 『명암』을 연재하던 중 위궤양으로 인한 내출혈로 49세를 일기로 생을 마감했다.

작가 연보

1867년   2월 9일 도쿄(東京)에서 태어났고 본명은 긴노
               스케(金之助). 출생 후 곧바로 수양아들로 보내
               져 사오바라 마사노스케(鹽原 昌之助)의 양자
               로 입양됨.

1874년(7세) 아사쿠사의 도다(戶多)초등학교 입학.

1878년(9세) 생가로 돌아옴. 이치가야(市谷)초등학교로 전학.

1878년(11세) 「마사시게론(正成論)」을 쓰고 친구와 잡지를
               발간함. 이치가야초등학교 졸업.

1879년(12세) 도쿄부립(東京府立) 다이이치중학교(第一中學
               校) 입학.

1881년(14세) 모친 사망. 중학교 중퇴. 고지마치(麴町)에 있는 니쇼 (二松)학교로 진학하여 한문학(漢文學) 수학.

1863년(16세) 대학 입학을 위해 간다(神田) 스루가다이(駿河臺)의 세이리쓰(成立)학교에서 영어를 공부함.

1884년(17세) 대학 예과에 입학.

1886년(19세) 복막염으로 유급(留級)하고 고토가주쿠(江東義塾)의 교사가 됨.

1888년(21세) 나쓰메(夏目) 집안으로 복적(復籍)됨. 다이이치고등중학교(第一高等中學校)의 예과를 졸업하고 본과 영문과에 진학함.

1889년(22세) 마사오카 시키(正岡子規)를 만나 친교 나눔. 그에게서 문학적 영감을 얻게 되고 마사오카 시키의 「시치소슈(七草集)」를 한문으로 비평. 최초로 '소세키(漱石)'라는 필명 사용함.

1890년(23세) 다이이치고등중학교 본과 졸업. 도쿄데이고쿠대학(東京帝國大學) 영문과 입학.

1891년(24세) 「호조키(方丈記)」 영역(嶺驛). 마사오카 시키에게 하이쿠(俳句)를 사사 받음.

1892년(25세) 도쿄전문학교(東京專門學校) 강사가 됨.

1893년(26세) 7월, 도쿄데이고쿠대학 영문과 졸업 후 동 대
학원 입학. 도쿄고등사범학교(東京高等師範學
校) 영어 교사로 부임.

1895년(28세) 마쓰야마중학(宋山中學) 교사로 부임. 하이쿠
에 열중함.

1896년(29세) 구마모토(熊本)의 제5고등학교로 부임. 나카
네 교코(重根鏡子)와 결혼.

1897년(30세) 부친 나쓰메 고혜(夏目少兵衛) 사망.

1899년(32세) 장녀 후데코(筆子) 출생.

1900년(33세) 문부성 영국 유학생으로 발탁됨.

1902년(34세) 차녀 스네코(怛子) 출생. 「문학론」 집필 결심.
신경쇠약으로 고투.

1903년(36세) 영국에서 귀국. 도쿄데이고쿠·다이이치고등
학교 강사로 부임. 삼녀 이코(榮子) 출생.

1905년(38세) 『나는 고양이로소이다』를 발표. 4녀 아이코
(愛子) 출생.

1906년	『도련님』과 『풀 베개』 발표.
1907년	교사 사직. 아사히신문사(朝日新聞社)에 입사. 장남 준이치(純一) 출생. 「개양귀비」를 아사히신문에 연재.
1908년(41세)	아사히신문에 「산시로」 연재. 차남 신로쿠(伸六) 출생.
1909년(42세)	아사히신문에 「그 후」 연재.
1910년(43세)	5녀 하나코 출생. 위궤양으로 투병 생활 시작.
1911년(44세)	문부성으로부터 문학박사 칭호를 받았으나 거절함.
1912년(45세)	아사히신문에 「피안너머까지」, 「행인」 연재.
1914년(47세)	아사히신문에 「마음」 연재.
1915년(48세)	아사히신문에 「유리문 안」, 「노방초」 연재.
1916년(49세)	아사히신문에 「명암」 연재. 12월 19일 사망.